哎语症

Mr.Bee 的奇异王国

刘小海 著 / 蛋先生 绘

新星出版社 NEW STAR PRESS

图书在版编目（CIP）数据

呓语症：Mr.Bee的奇异王国／刘小海著；蛋先生绘.北京：新星出版社，2008.10
ISBN 978-7-80225-550-0

I．呓⋯ II．①刘⋯②蛋⋯ III．①小小说－作品集－中国－当代②随笔－作品集－中
国－当代 IV．I217.2

中国版本图书馆CIP数据核字（2008）第147828号

呓语症

刘小海 著　　蛋先生 绘

策划编辑：九月九
责任编辑：许　彬
装帧设计：九月九

出版发行：新星出版社
出 版 人：谢　刚
社　　址：北京市东城区金宝街67号隆基大厦 100005
网　　址：www.newstarpress.com
电　　话：010-65270477
传　　真：010-65270449
法律顾问：北京建元律师事务所

读者服务：010-65267400　service@newstarpress.com
邮购地址：北京市东城区金宝街67号隆基大厦　100005

印　　刷：重庆花溪印刷厂
开　　本：889×1194　1/32
印　　张：4.75
字　　数：200千字
版　　次：2008年10月第一版　2008年10月第一次印刷
书　　号：ISBN 978-7-80225-550-0
定　　价：23.00元

你可能错过刘小海

—— 李元胜

刘小海是个安静的人，安静得近乎木讷；刘小海也是个狂野的人，但他的狂野只体现在他的梦境中。他的梦狂野且五彩斑斓，沉溺于梦境中的刘小海会迸发出许许多多奇丽诡异的梦话，于是，就有了这本《呓语症》

我说可能错过刘小海，有两层意思：作为朋友，你和他交往得久长，才会感到他能给人温暖，也能让人惊喜——他的内心是充盈自足的，仿佛那里有一座刚刚进入采掘状态的矿山，欣欣向荣，精彩的东西不断被发掘出来；而他的作品，同样不读可惜，它们放肆而陌生，如同独特的晶体，既透明又有着自身的姿态，闪耀在文坛之外，不为人们所知。

小说的概念，甚至基础，在刘小海这里是不存在的。我们已知的小说，启发了他，比如卡夫卡和村上春树，却没给他留下多少束缚。他在写作上几乎是自行其是的。他的小说是飘忽的，有随想的从容，有诗意的联想，仿佛从身边的物质生活中信手拈来，却又有着梦幻的气质。

我从来都是把小说分为两类的：让人做梦的小说和让人清醒的小说。前一类适合让人放松或启发人的想象力。后者有助于我们认知社会和世界，尽快地成熟。以我国名著而言，《西游记》和《水浒》更多属于前者，而《三国演义》和《红楼梦》更多属于后者。特别是《红楼梦》，是让人先做梦再清醒，这样的清醒才是最触目惊心的。

我武断地把刘小海的极短篇全部归入先清醒，再做梦的这一类。他首先面对的是都市人的问题，都市人的迷惘，但是这些问题和迷惘在他小说里所左右的故事，会迅速变化，引伸向某种诗意。当然，这种诗意是多少有些沉痛和压抑的。

值得注意的是，刘小海的都市并不特指他所生活的城市，他的人物生活的城市，几乎没有特点，可以理解为任何一个国家的现代化城市。因而，在他的小说中，城市不仅是主人公们活动的环境也是当代人的共同处境。不管文化的差异有多大，在联系到我们始终面对共同的处境时，刘小海的很多奇异想法就有了更多的启示和意义。

目录

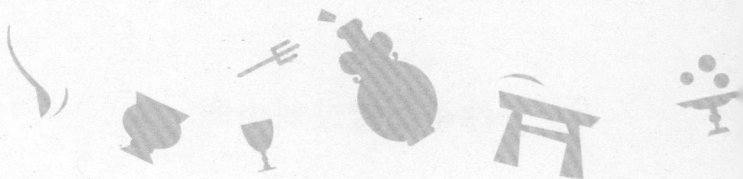

微笑的粉红大象

还是好久以前去看过大象呢。

那是很久很久以前的事了吧，穿着红蓝相间的学生装，斜挎塑料水壶，在老师的带领下规规矩矩地逛完动物园，回家每人还得交一篇感想。

"狮子的大嘴一张一合的。"

"猴子不仅喜欢吃香蕉，还喜欢逗我们玩。"

"那头大象很像我家隔壁的叔叔，太像了！"

诸如此类。不胜欢喜。

今天天气很好，天空像被抽去主题的抽象派油画，是看大象的绝好时机。

我换上适宜郊游的轻便运动鞋，穿了胸前印有笑脸图案的T-shirt，往双层保温水壶里灌进温开水。

一个轻松的下午。我边哼着歌儿边美滋滋地想。

在动物园大门口我遇见一支四人乐队。说是在等我怕也有人相信，因为他们一看见我就全体显出兴奋不已的神情。

"我们在等你，bee先生。"四人中的一个这样说。果然。

其余三个像表明什么似的纷纷举起手中的家伙，于是他们有了名字：吉他手，贝司手，鼓手。

"我可是来看大象的，莫名其妙呀！"我掏出动物园月票亮相。

"我们也是来看大象的。"四人异口同声地说，"还带了乐器和才写的歌，这样总可以了吧？"吉他手说。

我只好和这支四人乐队一起绕过动物园的草坪，结伴去看大象。

大象馆里共有三头象，我们去的时候只看见其中的一头独自在室外活动。看样子它对我及乐队都不感兴趣，只顾用长鼻子拨弄地上的白石块，大耳朵不时扇动驱赶蚊虫。空气中一股大象的气味。

我选了一个适宜观察大象的地方，刚站定，就看见那支乐队摆出架势，似乎马上就要开音乐会了。

"等等，这里可是大象馆哟，再说旁边还有中学生在学画画。"我对他们嚷嚷。

那四人不无惋惜地收起了乐器。

"我们都是搞艺术的，又何必？本来想让大象听听我们的新歌的……"主唱不无惋惜地叹了一口气。

"灵感来了嘛。"鼓手补充道。

"咦，这头大象好像是粉红色的哟！"一直沉默寡言的贝司手突然冒出这么一句。

经他这么一说，我也觉得大象的肤色似乎和以前略有不同，的确是带着淡淡的粉红色。可是粉红大象又怎么了？

"就算它是粉红色的又怎么样？世界上稀奇古怪的事多着呢！"我说，"它现在正朝我们微笑呢！"

那四人纷纷点头。过了一会儿，他们慢慢退到距离象馆较远的一处树林里，自顾自地演奏起了一首歌。这次我没有阻止，因为在他们的音乐中有一种奇怪的韵味，而在象馆这种地方听到这样的旋律，我的心乃至我的身体被某种看不见的东西击中了，我想到了什么又像什么都没忆起，只有风呜呜地掠过山谷，一只蝴蝶悄悄停在专心进食的大象背上……

好歹演奏完后，主唱满意地叹息。剩下三人呆呆地交替望着我和大象。

"我们决定了，就在这里安家，谢谢你。"短暂的沉默后，贝司手和其他三人一起向我鞠了一躬。

多么轻松的一个下午啊！

我想，过不了多久，我一定会再回来看大象和住在大象馆里的乐队，因为他们，我看到了微笑的粉红大象。

6号先生

一个秋高气爽的午后。桌也罢窗也罢镇纸也罢，全都带着完整的秋之符号，干咧咧地向外界传送着无意义的讯息。

突然很想给一位久未联系的老同学打电话。

说点什么好呢？

你好吗？还在家乡做些什么吧？那些人都还好？

关键是，这位仁兄的面孔都有些模糊了。

号码拨到五位数时转念作罢，喟然放下话筒。

作为儿时的伙伴，我和他曾共同拥有过令人怀恋的时光：一起逃课、和大孩子打架、共同的初恋——高三临近毕业时，我对低年级的一个有公鸭嗓的女生怀有无可名状的感情，而他则无可救药地喜欢上了校田径班的女飞人，以至于在那段大家都为高考紧张得神经质的时间里，几乎每天放学后，我都要站在操场旁的树林里，陪他一起偷望那位女生。那时，晚霞映红了校舍的屋顶，他屏住呼吸，我望着他因激动而微微涨红的脸，轻声吹着口哨。

十多年的时间转瞬即逝。如今的他在做着什么呢？

手册里只有毕业时他留的家里的电话号码。想想还是拨了过去。

电话很快被人接起。一个听不出年龄的中年女士耐心地听我讲明理由后，以仿佛被甩干机彻底甩干的平板板的声音说道，他出差了，并用节约时间的语气快速地说出了他所住酒店的总机号码和房间号。我道谢放下电话。

"喂？"是一个轻柔的女声。

"啊，不好意思。柳生在吗？"没想到接电话的是个女孩。

"柳生是谁？"女孩细声细气地问。

"你不是6号房吗？"

"哦，我是8号房，6号在隔壁的隔壁呢。"女孩以轻快的语气说着。

从听筒里听过去，似乎她年龄不大，也就16岁上下吧。

"对不起，我打错了。"我对着电话道歉。

"没关系的。"

这次我认真按了按键。

"喂？"还是那个女孩的声音。

"你又打错了呀？6号先生！咯咯……"女孩在电话那头欢快地笑。

也许两条电话线路被时空机器安置到了未知的位置上了。

"你找的那位柳生是不是留着一头长发的？"她问道。

说实话，我对他毕业后是否留长发一无所知，毕竟这么多年没有见面了，就连他现在长什么模样都模模糊糊。经我这么一说，她似乎兴趣更浓了。

"那位留长发的先生，每天我都能见到他呢。早餐时他经常坐在餐厅靠窗的那个位子。"女孩自顾自地说了起来，"他似乎有心事，因为他点的咖啡几乎没动过。还有，他似乎在这个酒店住了很长时间，可是只有早上才见到他，平时都不怎么见面的。"

我耐住性子听她说完。

有时候，一旦有了说话的对象，任凭谁都有兴趣一直说下去，直到这个世界再没有愿意倾听的听众。

"劳你一件事可好？"我小心地问她。

"请，请。"女孩高兴地答道。话筒里传来开启易拉罐的声音，"正喝着汽水呢。你喜欢百事还是七喜？"

"百事。"我老实答道。

"可我不喜欢。往汽水里加冰块可好？等等！"她似乎拉开了酒店小冰箱的门。

"加两块冰好还是一块冰？"她问道。

"两块吧。"

我在脑海里推出冰块在褐色可乐里扑哧扑哧冒气泡的情景。

电话突然死了15秒。

"喂喂！"我慌忙对着话筒吼道。

"猜我刚才看到什么了？"女孩的声音转回，我松了口气。

两个毫不相干的男女在各不相同的时空中对话。这感觉很奇妙，就像在星期天的早上煎火腿蛋一样让人心旷神怡。

"我看到他刚从窗下走过，脚步急匆匆的，手里还提了一袋东西，我想那是书。他今天没穿那件平时穿的白衬衣。"女孩告诉我。

沉默。

"你有心仪的女孩吗？"她换了种语调说话。声音轻柔得像天鹅绒。女孩的声音变换速度之快这我是知道的。

我把话筒从左手换到右手。很想吸烟来着，但戒烟岂不是已经开始一个星期了？

"噢，你刚才说托我办什么事吧？"女孩轻咳一声，转换话题。

"嗯，我想求你代我问候他，在你遇见他的时候。"我向素昧平生的女孩提出请求。

"那好办。"她干脆地答道，"末了就说6号先生托我带话。你总有名字什么的吧？"

名字自然是有的。可怎么都无所谓了，难道不是？

"那就这样吧。祝你愉快！6号先生。"女孩说罢放下话筒。

我良久地盯视手中的电话。点燃一根烟。

在遥远的城市的酒店里，我的那位老同学即将开始一段可以预见的爱情故事。责任当然在我，就如同很久很久以前，我果敢地叫停正在田径场上飞奔的女飞人，并把满脸通红的同学推到她面前。

地下水事件

A面

晚饭后，独自一人散步到了步行街。

走了10分钟，才发觉脚下全是水。水漫步行街。

其他的行人似乎也觉察到了这种状况。人群开始混乱，男的不胜欢喜地抱起了女的，小孩蹲在了爸爸的脚上，老人们——紧紧抱作一团。活脱脱成了TITANIC。

我设法使自己镇静下来，并且异常冷静地拖过身旁慌张跑过的一个小伙子丢下的救生圈（天知道这救生圈是怎么来的？）

水已经漫过脚背了。冬天，又是晚上九点钟，最后全身还是发起抖来。

哭声从步行街东南角传过来，越来越大。

B面

哗哗哗，我们是——哗哗哗——地下水。

我们一直都在这里。是谁把那些又蠢又重的地砖贴在我们头上？为此我们召开了地下水同盟大会，最后一致决定：必须报复他们。

今天晚上正是好时机。哗哗哗。

哗哗哗。

A面

我当然明白这次事件必然有其理由，但是左思右想，还是理不出头绪。

现在情况恶化。不明来水把步行街环环围住，一个劲儿地往上涨。

B面

"大王，我们发现状况！哗哗哗。"

"说！"

"有一个红衣男子神情镇静，绝不像其他人。我们怎么办？哗哗哗。"

"带他来见我！"

"是！哗哗哗。"

A面

经过目测，我发现水是从步行街中心的玻璃塔下面的地下商场里涌出来的。像是地下水。

我越过浮起来的垃圾，一步步挪向事故中心。

巨大的波浪从头上方砸来，我顿时失去了知觉。

B面

一个形状似蓝色旋涡的东西站在我面前。原来是地下水大王。

"原来是你。"我说。

"……"

"你说什么？"我耳里只听到哗哗哗的水声。

"……"

"这样子怎么沟通嘛，真是的！"我气恼起来，并且把在新世纪买的整整一袋打折苹果狠狠地掷向地下水大王。

"哈哈哈，苹果我最喜欢了，哈哈哈！"地下水大王发出了像鼹鼠一样细小的笑声。

"那还这样？"我冷冷地质问。

"马上收兵，马上收兵。哈哈，苹果！"

"收兵！哗哗哗。"

A面

我望着脚上被水打湿的皮鞋，非常生气。

这个讨厌的地下水大王！

越想越生气。

B面

"哗哗哗。"

"哗哗哗。"

（白噪音）

北极北极

在解放碑KFC巨大的落地窗旁边和影子边聊天边喝冷饮的时候，我的手机响了。

"我在北极，北极哟，冷……"一个分不出男女的声音在那头说道。

"来不来KFC，刚点了套餐，怕吃不完。"我冲着影子挤了挤眼。

对方像想起什么似的突然沉默。我耳贴手机听了一会儿，对面时而传来狂风大作的呼啸声，此外，还有电流的吱吱声。

回家快到晚上七点了。我打开电视看正在直播的亚洲杯，电话响了。

"我在北……"是下午那家伙。

"我说，"我耐着性子，"能预测今晚球赛的比分吗？"

电话突然死掉。我心里暗暗叫苦，这算什么事儿？

"你有在北极北极的朋友吗？"我问影子。

"什么南极北极？"影子刚洗完头，正用吹风吹头发。

"北极北极有个陌生人老往我这儿打电话，说话方式有点奇特。"

"哦？难道是他？"影子一下子来了兴致，"我听说有个全球性的组织，专门救助那些缺衣少穿需要人道援助的人，上个月我把你给我买的羽绒服捐给了他们。"她歇了口气，又说，"这电话应该是羽绒服打回家报平安的。"

那件被救援组织寄到北极北极的羽绒服以后每个月都打电话回来，一次他在电话里犹豫了好半天，才说："我马上要结婚了，春节准备回来一趟……这里其他都好，就是太冷，哎哟哟哎哟哟……"

直到现在我还是不知道北极北极究竟在哪里，影子也不知道，肯定。

影子归来

夜晚来临，我在颜色逐渐加深的哩化空气中拧亮台灯。

这时，影子来了。她吹熄灯，附在我耳边轻轻地问："想我了吗？"

我想你。我对着空气中透明的某一点说。

"唉，别哭了。"影子的身影晃动了一下。

我不知道。

双手指端有奇异的麻木感，这时的我仿佛无人岛岸边被土人搁错地方的一艘无比孤独的独木舟。

"你很久以前就没想我了！"不知过了多久，影子突然恶狠狠地说道。

两年前就离家出走的影子这次不请自来似乎有点反常。

"你爱了其他人。你混蛋！"影子骂骂咧咧地径自消失不见了。

我说不出话，只好静候事态的发展。

沙发抖动了一下，确切地说是地板在抖动。

"是地震。"影子在电视墙上方约半米的地方漂浮着，"你给我滚下来！"

由于沙发晃动得太厉害的缘故，我右肩胛首先触地，旋即从那里传来剧烈的疼痛。

我摸索着拉开窗帘，楼下的花园里，小孩和狗在快乐地嬉戏。

我不能逃避。这是我和影子的事。

地震过去了。然后是海啸。影子在天花板上冷冷地看着我。在几次从海水里探头的时候，影子的脸看过去有一半藏在阴影中。

我呛了好几口水。

"说出我的名字。"影子一脚踢飞靠近我的一条不怀好意的鲨鱼同时说。

然而我说不出。

我说不出来。我老老实实地对影子说。

影子很快就消失了。于是我到厨房泡了杯咖啡，在发呆的时候，手不自觉地去冰箱里取了豆瓣酱。

不知何故，咖啡总有一股挥之不去的咸味。

天下无木马

　　这几天电脑兄运作方式有点奇怪。先是我的QQ密码被盗，然后电脑兄会在半夜突然自动打开，把我吓得半死不说，还怎么关都关不掉。最近更惨，硬盘里的重要资料眼看着一天比一天少！

　　于是只好提了年糕，战战兢兢地拜访了我那位淡出江湖的电脑高人朋友，经他指点，原来我亲爱的电脑兄中了木马。

　　"怎样才能制服木马？"我临走时问了一句。

他嘴角露出一丝能杀死大象的冷笑。十五秒后，他说了三个字："驯马人。"

我无比痛恨那未曾谋面的木马，他让我寝食难安，使得我完不成boss交办的任务，搞得我泡不成妞。他真是杀人不见血啊！

我打了张纸条：小心木马。我把它贴在电脑上，除了给自己的房间增添了些许灵学的意味之外，还能时刻警醒自己。

贴上纸条的电脑兄貌似风平浪静地和我相处了三天。木马似乎大势已去。

第4天的半夜，我正在电脑前和朋友Q聊得火热，有人敲门。我打开门，见是一位清瘦的男子。

"我是木马。"他倒是开门见山。

由于根本没想到木马会是这么一个模样，我瞠目结舌。五秒钟过后，我下意识地用脚刨门后的哑铃。毕竟大敌当前！

"我是来谢谢你的，小小礼物不成敬意！"木马毕恭毕敬地双手递上一个礼包。

"为什么谢我？"我作好随时俯身取哑铃的准备动作。手心都捏出汗啦。

"谢就是谢。再见！"他留给我一个背影，转身走了。

六十秒钟以前还是杀气顿生，而现在只留我一人，一门。

不，手里还有包东西。我竟然伸手去拆那礼包上的包装带！

一张最新的实况足球光碟。

一张最新的实况足球光碟？

我鬼使神差地打开电脑的光驱，放入游戏光碟。

等我清醒过来，我看到电脑屏幕上现出一行粗黑体的大字："恭喜，你电脑上的木马已升级到最新版本！"

电脑上有纸在动。我看到纸上我打的字：小心眼木马。

哎，我实在粗心大意，把"小心木马"错打成了"小心眼木马"。

我这才明白了木马找上门来的真正原因。

十年后，我成了这个星球上最顶尖的驯马人。十五年后，天下无木马。

鱼的战争

"等会儿吃什么？"她问。

"长嘴鱼。"

她脸上浮现出仿佛变质的芒果那样的笑容。在我掸掉她外衣上的毛线球以后，她朝我的方向叹了口气。

"我说，长嘴鱼已经消失很久了，不知道？"

我当然知道，但是当下想吃那个想得不行。这个也没办法。

"五里店那边有新鲜的鲳鱼，运气好或许还能赶上刚空运来的血蚶，不想试试？"她用左手食指在我手背上画了个奇怪的图案。

"观音桥那家老伯伯开的店呢？他不是总能弄来抢手的东西吗？绝对没有？那，那，天天渔港呢？"我的音量提高了一倍。

"都没有都没有！你们男人真是的，怎么这么自以为是呢？"她被我气哭了。

我心烦意乱地掏出烟抽了。

"不是你自己说戒烟了吗？给我滚！"

遥远的深海，最后一条纯洁的小长嘴鱼正在觅食。它的身后，一条饥饿的章鱼正伸出柔软的触手。这个也没办法。

为了她，我决定了。

改吃海鲫。

不坏不坏，嘀嘀。

Nirvana

你从某处的椅子上站起身来，推开眼前的窗。

时间是下午，光线明亮，且刺眼。

你的眼睛追随着正走进另一栋写字楼大门的Pizza送餐员，在脑海里猜测他手里托着的Pizza的味道。手头的事情暂时告一段落了，你觉得此刻应该休息十五分钟。电话响了，你和电话那端的某人说着话，随后皱眉放下话筒。

时间过去了五分钟。

回家的路上，你又来到了中心广场。你坐在长椅上喂了一会儿鸽子。怅然望着那位手执桔黄色胶皮管给草坪浇水的女孩的时间里，广场的音箱里一直播放着某支乐队的歌曲。

在超市购物直至回到家里的这段时间里，你一直在脑海里搜索那支乐队的名字。911? boyzone? westlife? 不对，应该是Nirvana。世间也真有这么多有着奇怪名字的乐队。

正如你预想的一样，晚餐索然无味。咸肉硬得像冬天水井里的沉石，根本嚼不动，只好胡乱啃几块饼干了事。

你在黑暗中兀自盯视着某处，随后收回目光，缓缓转向我这一侧。

"喂，你能不能不这样看着我？"

于是我扭转头，改望书桌上的熏衣草。

你把我拿起来，掀开我的翻盖。你把闹铃调到7：15，确认不需给我充电。

你完全睡熟以后，我轻手轻脚地打开你的浅蓝色手提电脑，登陆QQ，BingGo，我才认识的手机妹妹还在线上呢。

嘀嘀嘀。你睁开眼睛。

23

照相

我手里有一部照相机，请让我为你照相。

你满月了，还只是妈妈怀里的一堆粉肉团儿。你整天昏昏沉沉，差不多都在睡觉。

你12个月大了。你咿咿呀呀地叫着，发表着自己对周围的观点。你喜欢到处乱爬，当妈妈找到你时，你正酣睡在狗宝宝的小窝里。

你12岁了。在学校里你的成绩属中等水平，可你还是不停地写作业。你每天很早就出门，要很晚才能到家。你在回家的公车上睡着了。

你42岁时终于跟第三个妻子离了婚。你和她去了相识时去的那家酒吧。你望着对面的那个女子，感觉很累很累。

退休的时候你刚好60岁。你每天干得最多的事就是去花园摆弄花花草草。你最喜欢看楼下阳台上的那个小男孩。你觉得他像你。

在你82岁的时候，你整天昏昏沉沉。你可以对着一张旧照片发半天呆。

好了，我照完了。下一次轮到你照我。

绿豆糕式记忆

国美电器行对面有一家糕点屋的绿豆糕非常好吃，我每天经过陈列着各色绿豆糕的玻璃橱窗时都会停留一会儿，就为能闻闻那诱人的香味。

那天糕点屋老板神秘兮兮地拉我到店里，我心里一惊，下意识地捏紧了裤袋里的钱包。

"给你说，这种绿豆糕可吃过？"他递过一盒我从来没见过的礼品装。

我定睛打量：个头与平时看到的略有不同，粉绿色表皮上似乎还印有字母。

"是'M'，Memory的缩写——记忆。"老板得意地说。

"那就是很贵了哦。"

"不，不，这是赠品。请请。"

我理所当然地接过了老板的心意。

回家也懒得做饭了。冲好咖啡，我拈起一块绿豆糕放进嘴里。

嗯，味道很浓郁，粘粘的红豆馅和醇醇的绿豆沙组合在一起，妙极了！

很奇怪，吃了一小块绿豆糕就觉得饱饱的，我连打了几个哈欠。

一觉醒来，我突然觉得房间的气氛不对。我很快就发现房间里多了很多东西——

一些玩具胡乱地堆在沙发一角，甚至还有童车。

我最爱的一块手表，现在放在床头。我清晰地记得弄丢它的那天，我哭了很久。

我收藏的一千多张烟盒纸，搬家时全部丢失了，现在又回来了。

还有很多我忘记了的东西也都回来了。像是天外来物。

有人敲门。我开门一看，感动得差点掉下了眼泪。我的初恋女友也回来了，很久很久没联系了。

我这时终于明白，是那盒绿豆糕让所有记忆重新回到了我的身边。

早上出门时，我再次看了看那些回来的记忆——颜色已没有刚来时那么鲜艳，已经透出些许黑白色了。

但愿能多待一会儿。我自言自语。

空房子

　　我发现这是一个噩梦中经常出现的景象——了无人影，鸟和所有的人都消失了。

　　订的牛奶没人送来，报纸也很久没看到了。

　　甚至电话也死掉。

　　我实际上就生活在这样的世界中。

　　他们都到哪里去了？

　　怅然眼望窗外，一切都平板无味，冰冷的水泥建筑和风掠过屋顶的划痕历历在目。我叹口气坐回书桌旁。

　　电话响起。铃响七声后我接起电话。

　　"喂？"

　　"喂？喂！"对方是一个陌生的女声。

　　"请问找谁？"我抑制住狂跳的心。

　　"没人。"对方像对旁边的某人说，"是空房子无疑。"

　　我一惊，突然发现接电话的手变得透明起来。

　　然后是全身。

美丽新世界

你好，我是电视机修理员。

（递工作卡片，验证保修卡是否过期，箍上傻里傻气的鞋套——每次戴上这玩意儿，就有自己变成有蹄类动物的错觉。）

那么，就是这台背投哦？不错嘛，2004年最新款TCL，音箱带超级环绕效果。那么，哪里出问题了？（调台的声音）

唔，唔，也不是非修不可……就是说一定要检查清楚，绝不能再出现不好的画面咯？

就让我想想……

（打开工具箱——边缘磨白的万用电表，手柄处被邻居小孩贴了一块不干胶的梅花起子，一堆替换用的二极管，其他杂七杂八的东西。）

检查中——不是图像通道的问题，也没有哪里短路。

检查中——哪里也没有毛病，崭新得让人伤感的神气活现的大家伙。

疲惫地检查中（开关机盖声）——就只是画面里有不好的内容？（调台的声音）

喏，喏，就是这些？（层次丰富色彩鲜艳的大屏幕彩电——画面：汹涌的海啸、炮火弥漫的战场、饥饿的难民、被病痛折磨得奄奄一息的人……）

明白了。早说嘛！

倒放中。（层次丰富色彩鲜艳的大屏幕彩电——画面：风平浪静的大海、炮弹退膛、合家欢聚的丰盛晚宴、像天使一样微笑着的人们……）

好了。（啪啪拍手的声音）

不谢不谢，这就回去了。

倒放中。

员理修机视电是我。

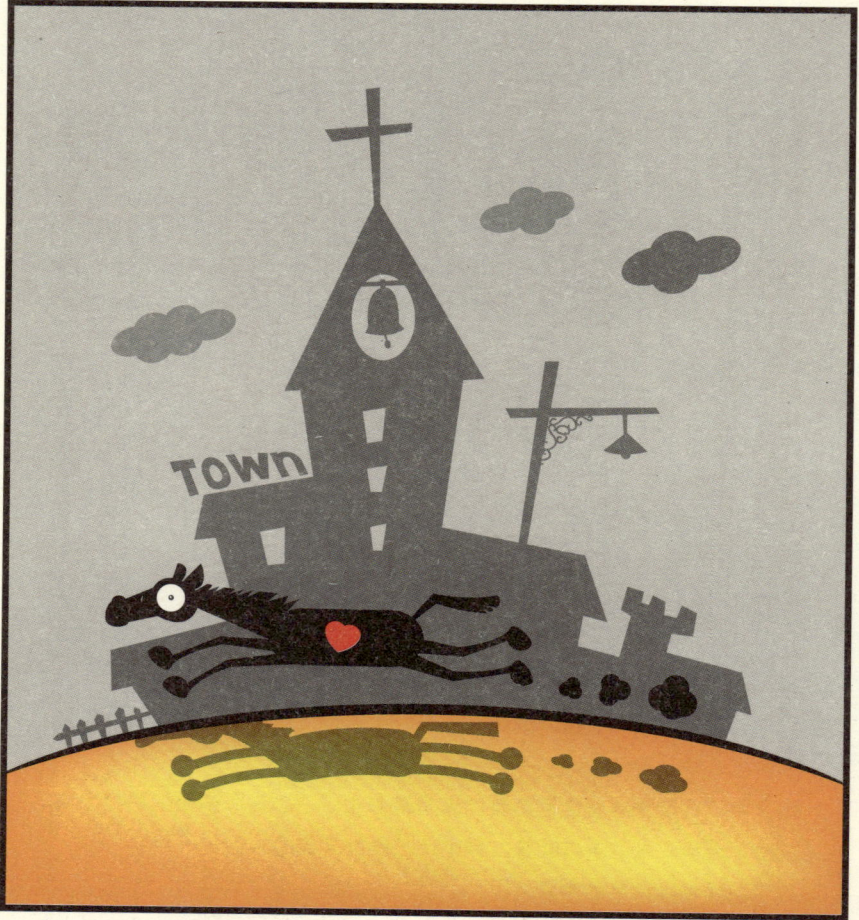

被命名之镇

如果我来命名，当然，你不知道这有何意义。那么，首先谈谈意义，好么？

任何事都带有宿命式的意义。

比如罐头起子对于沙丁鱼。比如月球对于潮汐。比如你对于我。

说说被命名之镇。

那是……那是一座几乎被废弃的小镇，喏，就在地图最不显眼的一角，还被哪位不小心粘上了口香糖残渣。

就是那么一处谁都不会想起的小角落。没人上门推销，没邮递员，也没有加油站。总之荒凉得就好像在那里自言自语：这里绝不可能有人来命名，名字？那东西忘了好了。

但是我知道，你在那里等我，在镇的中心连连呼唤我。

我带上猎犬，一包在超市购得的作为干粮的葡萄干，五盒朝天门香烟，如果可以我还想带上一支爵士乐队（只是费用较为昂贵，又要这个那个地考虑诸如住宿啦晚上去哪里玩啦这类烦心的问题），这就抖擞精神去那座小镇。

哪天说不定就到那里了。

等待被命名的小镇。静静地梳理头发的你。星夜兼程赶路的我。

就那么稍微想像一下。

迁徙事件

天气不错。我和影子烤熟了红薯，坐在广场的椅子上逗鸽子玩。

"那些鸟都飞到哪里去了？"影子望着天上的鸟群，问我。

"我不知道。"我掰了一块红薯喂最小的那只鸽子。

"或许迁徙到某处了吧。"

"那冰箱、微波炉怎么不迁徙？"影子咬了一口红薯。

我拍了拍手，鸽子腾空而起，我和影子都不约而同地打了个响亮的喷嚏。

早上影子告诉我，冰箱迁徙了。

我一看，本该放冰箱的地方果然空无一物。地面只有一个底座大小的白印。

冰箱回来已是半个月后了。影子兴致勃勃地蹲在厨房里检查归来的冰箱，不时拉开冰箱门，拧动温度调节钮。

"它很累。"影子轻抚着湖蓝色的冰箱外壳，自言自语。"你究竟去了哪里？"

我查看了储物格，在里面发现了两种我和影子从来不喝的啤酒。另外还多了一块人道美的熏鱼，两根黄瓜，一把莴苣。

还不坏。我想。

我在外地出差时手机响了，影子在电话里乐不可支地说："门也迁徙了。"

我赶紧找那张装修时防盗门厂留的名片。大事不好。

门迁徙了以后，防盗门厂家迟迟不来安装新门，无奈之下，我和影子只好在附近租了个单间住着。

没想到，刚搬进去两、三天，租的房子也迁徙了，而且当时我们都在屋里。

我在厨房正炒菜呢，天花板上的吊灯突然左右摇晃了起来。我问影子怎么了，她答说房子正在准备迁徙。

我一时竟搞不清楚状况。一回头看见影子在开冰箱门。

"还有一个星期的食物呢！"影子检查完毕。

房子总会在哪里栖息吧。我说。到时也可补给。

当整条街道看过去如一条蚯蚓那么大时，我实实在在地感觉到了迁徙中的房子那沉重的呼吸。

"它在喘气呢！"影子兴奋道。

因为失重的关系，我睡了一觉。梦中，外墙涂成天空蓝的房子始终以同一速度缓缓划过我们的城市上空。从西到东，从左到右，不分昼夜。嗖。

Hi,My Angel

有一天，我走出去，看见人们都长了翅膀，飞来飞去。

我不知道今天是什么节日，天空中很多人，遮住了明媚阳光，我感觉冷。

而且，每个有翅膀的人，看过去，似乎并未因为从天而降的翅膀沾沾自喜，相反，大部分人都忧心忡忡，有几个人还因为长长的翅膀妨碍了各自的飞行线路，互相抓扯了起来。

怒气笼罩了天幕。

我很庆幸自己没有翅膀，因此，也就不会被卷入这看似美丽，实则危机重重的事件之中。我回家，关好门窗，检查天然气开关，在做这些事的过程当中，我甚至能听见屋子外面男人的咒骂声和女人的尖叫声，在三公里以外，隐隐约约传来沉闷的爆炸声，天空中正展开着一场肉搏战……

屋角的棒球棍，反射着幽幽的光。

在爬上床之前，我把那根棒球棍紧紧地拽在手里。

第二天当我一睁开眼，我就立即发现周围的空气不同了。我从窗子望出去，一如往日的周日上午，人们彬彬有礼地打着招呼，儿童在花园喷泉边戏水，带有绝不同于昨日的温馨气息。

每个人的背后，也没有了翅膀。

我迷糊了。过了一会儿我觉得什么东西不对，我几乎立即就发现我的脑袋上面长出了两个角。

什么被改变了，改变的过程中，有些被遗弃，有些被重拾，有些被燃烧，有些被冲淡。

新角在我头顶上已安家了一个星期。这段时间里，我读了两本新书，写了一篇文章，到超市采购一次，吸烟三包。

这不算什么。真的。

变人

朋友变成长颈鹿以后，我和影子登门拜访了一次。临出门时影子把草绿色毛衣换成了灰色外套。

朋友对我俩的突然来访显然准备不足。他匆忙放下手中的擀面杖（或者是草料棒也未可知），把我们让进小里小气的客厅，端出竹根水劝我们喝了。

我好笑地望着朋友头上粘着的几粒草籽儿，影子则目不转睛地望着墙上的非洲原野仿制油画。

"没有办法，变成长颈鹿了还真有些不适应，比如得重新计算天花板的高度，喏，低着头说话吧？"经他这么一说，果真如此。

吃饭时间里，影子和我一边小口小口地吃带新鲜草香的烩饭，一边和他拉着家常。朋友除了说话时语速稍显迟缓外，其他基本正常。

乘轻轨回家，我和影子久久徘徊在小区门口。

小区大门那个1米90的保安变成了老虎。嗯，还是谨慎为好。

鸵鸵鸟

"可听说轻轨公司新招了一批鸵鸵鸟乘务员?"老友在电话那头问道。

"今天在报上看到了。"我拿起晨报,翻到登了轻轨公司广告的那一版。广告还配了一幅不知从哪里找来的漂亮的鸵鸵鸟模特照片,身穿一身惹人爱的蛋黄色制服,背景倒是差强人意。

"快看这一段,喏,'我们的口号是:让鸵鸵鸟乘务员成为您旅途中的亲密助手。'真想马上去看看呐!"老友在电话那头哗哗哗地翻报纸。

放下电话,我从沙发上一跃而起,直奔离家最近的轻轨车站。

鸵鸵鸟乘务员果然十分厉害,真人来得比照片上还要漂亮一千倍,直把我看得目瞪口呆。装饰有一小截鸵鸵鸟羽毛的贝型车票也让我窃喜不已。

从新山到较场坐了两个来回以后,我心满意足地在杨家车站下车。环顾四周,呵呵,清一色全是男乘客。

影子还未回家,于是我拨通了她的手机。

"到哪里去了家里电话也不接!"影子嚷嚷。

"去姐姐家看小呆了,嗳,你不是说早点回来做火锅?"当然不好直说晚饭不做只想看鸵鸵鸟乘务员。影子知道了必定大光其火。

"唔……人家听说解放碑新开了一家商场嘛,给你买了毛衣哟,嗯,毛衣柜台的水鸭营业员真帅啊……"

影子倒是心直口快。只是她从水鸭营业员那里买回来的毛衣我一直没上身。桃红色是我顶顶讨厌的。

呼噜噜喵喵喵

对于影子吃了"山梨"牌曲奇睡觉打呼噜一事，我已经忍无可忍了。

事情原委是这样的：那天我路过新开的一家超市，门前一位促销小姐（1米70左右，左脸颊有一个酒窝，很讨巧的样子）向我热情地介绍了红彤彤公司最新的"山梨"牌曲奇，当时头脑发热买下10袋。想的是反正影子看电视总要吃小点心。可是当天晚上影子就直打呼噜，简直像睡在年久失修的电车旁边。这还得了！

不行，生来还没受过如此欺负。我致电消协，投诉红彤彤公司生产劣质食品，言辞激烈。消协倒是好说话，叫我在家等消息。如此过了半个多月，红彤彤公司重庆代理商方面来了一男一女，总之就是赔礼道歉，还说什么"山梨"曲奇吃了打呼噜一事我们还是第一次遇到，已向厂家通报此事，督促改进曲奇配方，并代表厂家诚意奉上最新的"青苹"牌曲奇10袋，说是对我们的赔偿。

"算了算了。"影子接过曲奇，又坐到电视机旁边去了。

打发走那两人以后，我拈起一块曲奇尝了尝，味道还说得过去嘛。

晚上影子睡着以后发出了像小猫一样喵喵的声音。可是我居然一夜未醒，睡得十分香甜。喵喵喵总比那个破呼噜噜强许多，我自言自语道。

不料影子醒来第一件事就是拎起菜篮往外跑："我得买鱼去，昨晚做了整夜大嚼鱼肉的梦，喵……"

西米露先生

"对于'西米露先生'这一称呼，我颇有些不以为然。你也许要问，什么呀，不就是平常在酒吧里喝的那玩意儿嘛！是的，我是带着那种宿命式印记存在于世的，任谁也无法改变。"

"好了，不想再谈那个了。说说最近吧。唉，活着真累。"

"交往四年的女友跟金酒跑了，电话都不接一个。金酒那家伙，第一眼就看出不是个好东西，真后悔去参加那天的Party！公司的事也不顺，最近老让加班，上司在头上指手画脚，要命的是我根本不懂他在说什么。十足一个小家子气加变态狂。"

"失眠。一闭眼就想事情，想得头痛欲裂。睡不着只好起来上网，上个星期生来头一遭见了网友。女孩，读语言学院三年级，聊天过程中不时陷入短暂失语。我嘛，优点不多，但讨女孩欢心还是挺在行的，可这次这位不同，像是心里有什么堵着似的，也不好多问。对方毕竟是汤力水女孩。汤力水女孩可是不能刨根问底的哟。自那次见面后再没联系过。"

"我嘛……"西米露先生搓着双手道。

影子来了，我拖过一张高凳让她坐下，向西米露先生点了点头。影子加班迟迟不来，我为打发时间就坐在吧台旁东一句西一句和西米露先生聊了一小会儿。

"喝什么？"我问影子。

"西米露。"影子取下印度手镯。

形而上

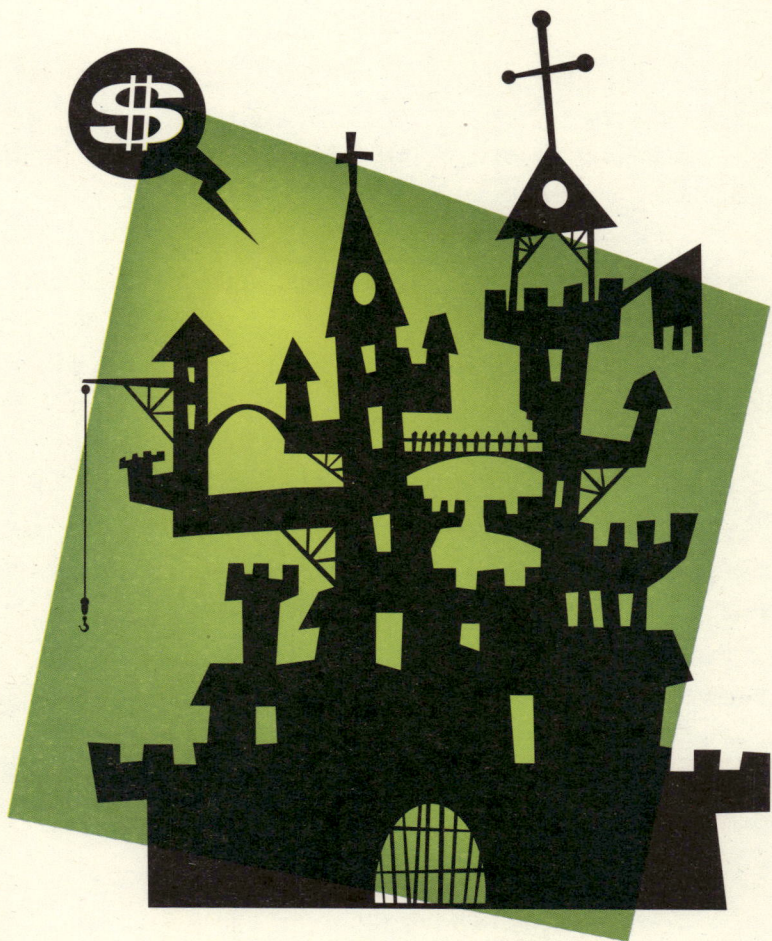

"这是门。"影子把写了这三个字的纸条放在草地的边上。

"这是床。"我紧跟其后。

"这是阳光窗,这是烟囱。"不一会儿,草地上就被我俩摆放了许多这样的纸条,远远看去就像一块打了补丁的绿豆糕。

我们曾幻想拥有一栋大房子,但是我和她口袋里的钱加起来连花园里的秋千都买不了。所以我和影子常玩一个游戏,就是把最想要的东西写出来,在脑海里恣意想象。"画饼充饥"在辞典里的另一个解释恐怕就是指影子和我玩的这个游戏。想必。

天色渐渐暗了下来,我"啪啪"拍去影子和我毛衣上沾的草粒。离开公园的时候我隐约觉得背后有一双眼睛在盯着我们,转头看去,却什么都没有。

第二天我和影子照例来到那块草地,却愕然发现昨天待的地方现在矗立着一栋气派的大房子。我俩目瞪口呆地站在原地。空气的密度似乎变了。

有人轻拍我的肩膀,原来是公园管理员。

"这栋房子是你们昨天搭的吧,一直在旁边看来着,漂亮啊。"他笑眯眯地望着我们。

我看见影子拼命掐自己的大腿。不用说我有点心慌。感觉有什么事即将发生。是好是坏倒说不准。

"咳,咳!"他清了清嗓子,继续说,"房子的钥匙给你,年轻人,拿好。"

我颤抖着双手接过钥匙,感觉双脚已经离地三寸了。我瞟了一眼影子,她在狠狠地抹泪。

"但是,因为你们是使用公园的绿化用地建的房,根据上级指示,房屋的所有权及使用权归公园所有,也就是说,如果你们要住进去,必须按月付给公园房屋租金,也就是说,请先付定金三千元,也就是说……"

他接着说了什么我听不清了。本来想叫影子不要哭了,后来想了想,自己也终于认真地哭了起来。

广告时间

　　"我是白蚁清除员。导演说给我五分钟时间，OK，1，2，3开始了。咳，咳，认识先从自我介绍开始，谁说的？忘了……总之我只负责清除白蚁。"

　　"白蚁嘛，世界上少说也有上千种，导演，就放这一段录像！最最讨厌那个家伙！躲躲藏藏鬼鬼祟祟，还肥叽叽的，纯属浪费时间！哼。不知道？没实际见过？那种情况也是有的，所以说你们需要我嘛。我是这方面的专家。"

　　"最关键的是找到藏匿点。找到了，往下的事情就好办多了。只要沿着它们走的路昂首大步前进即可。不能莽干，要像我一样注意倾听，双耳贴在冷冰冰的墙壁之上，屏住呼吸，闭目倾听。不一会儿就能听出点什么。也有可能什么都听不到，所以需要特殊训练。听之前大致要先敲墙壁，就像这样，咚咚，咚咚，咚。"

　　"现在介绍我的助手——影子。她可是个问题女孩。我说影子，你能不能不嚼口香糖？这可是全国直播的节目哦！上次到一户人家就差点闹出事儿来。这孩子！对她可一点也马虎不得哟，茶要喝上等的新茶，唔，咖啡也非卡布基诺不喝。没喝好绝对上不了工。弄不好大发脾气。别惹她生气！那可非同小可不是闹着玩的……当然有优点，在使用灭蚁工具方面绝对是个天才，还没见过像她这样有才华的孩子，啧啧。光灭蚁工具就有26种，每一件都新崭崭光闪闪，任谁都不准碰……"

　　"我们的收费是以小时计，每小时一百元，电话打在屏幕下方，应该。"

　　"注意听那声音，咚，咚，咚，咚……"

　　"导演，还有两分钟嘛！什么，没开机？OK！我是白蚁清除员……"

世界中心

得知我家位于"世界中心"这一消息以后，影子和我开始了忙碌的准备工作。因为那封寄自首都、有着淡淡油菜花香气的信里这样写道：

届时会有很多新闻媒体到你家进行现场采访……

胡

THE CENTRAL OF THE WORLD

中

落款是：世界中心评测工作室。

我虽然不知道世上还有这样的组织存在，但还是好歹买了水果绿的休闲西装，陪影子买了新的化妆品。

为了应付到时候可能出现的拥挤局面，我请来装修公司，改了客厅的一面墙壁。虽然客厅大了，可是厨房却小了一半。想到以后要在如此小的厨房弄饭，我不禁认真地气恼起来。

到了那天，对方来了两个人，他们手拿形状像咖啡勺的工具，和我们简单打了声招呼就干起活来。他们测定的世界中心居然在卧室的正中间，我不得不掀开波斯地毯，看他们在木地板上打洞。

影子探头探脑地看了我们一眼，随即用眼色示意我出去。客厅已站满了各色记者。

"他们都在问我同样的问题，'这个洞打下去会是什么样的景况？'好刺激好紧张哟！"果然，影子的鼻尖都沁出汗了。

我不知道，我真的不知道。

客厅突然变得安静。五秒钟后一个女记者大叫："他们抵达了！"轰的一声，人潮像爆炸的蜂窝拥向卧室。

按照事先的约定，我和影子优先进入通往世界中心的通道。我拉紧影子的手，摸索着进入地洞。

没想到我家的世界中心是一家麻将馆。虽是这样，世界中心评测工作室的人还是心满意足地收了工，走时还让影子在土黄色的工作日志上按了手印。这算哪家子事！

轮到记者团手忙脚乱了。还是那位女记者机灵，率先采访了一位面貌慈祥的老太太。

"请问在世界中心有何感受？"

"嗯，碰……好是好就是太热了，胡了！哈！"

虽然我半夜起床还时不时踩上那块摇晃的木地板，但最终我也没学会打麻将。影子倒是挺在行的，经常一夜不归。

我回家通常做的第一件事是打开激光唱机，听听音乐。

可是这次我没找到CD，它们跑哪里去了？

我解下干巴巴的领带，满头大汗地趴在地板上找我的宝贝CD。影子笑眯眯地望着我忙碌的身影。

"它们又不会长腿跑了。"影子瘪着小嘴笑我，"尤其不会藏在床底下。"

唉，当然不会。我颓坐在地板上。

"它们变成糖果了。"影子突然说。

果然，这才发现，床上、DVD旁边、书桌上到处堆着色彩斑斓的糖果。

"这是《披头士》。"影子指着一粒润喉片说。

"那这是《花儿乐队》？"我拈起一粒大白兔奶糖。影子对我的判断力称赞有加。

没想到阿妹的CD变成一颗杏仁软糖了。

我把玛莉亚·凯莉的CD（现在是一块咖啡椰子糖了）递给影子。她兴高采烈地接过。

我推开窗，看见楼下的音像门市老板正指挥工人换门前招牌，"甜丝丝糖果店"。噢，这世道！

"且慢！"我翻手提包。昨天不是买了老崔的新专辑吗？

在手提包的最下面，影子和我找到了老崔———个破壳的巧克力蛋。

老崔知道了准发疯不可。

SORRY

1
2
3
4
5
6
7

第七日

挑了张恩里克·伊格莱西亚斯的《ESCAPE》，把音响调到合适音量，我让整个身子陷入柔软的沙发里，准备好好享受这个周末午后。

"啊！"书房里的影子突然大叫。我的心脏差点停跳一秒钟。

影子连蹦带跳地把她的NOKIA手机举到我面前——"尊敬的朋友，我们非常荣幸地通知您：本公司经过电脑抽奖，现已确认您获得了二等奖，奖金为20万元。一周后请拨打热线电话124，我们的销售代表会为您完善相关手续。"原来是她的手机收到了一条短信息。

"出去庆祝一下。"影子在门口催我。

我们吃了海鲜火锅，点了好多以前想都不敢想的菜。以前影子和我吃的海鲜火锅里总共只有三种海里产的——海白菜、海蜇丝、海带。

第二天我们去商场逛了整整一天，影子甚至买了滑雪板。晚饭是法国大餐。

"反正白得了20万。"影子边往嘴里送奶油蜗牛边对我说。

接下来的一天我和影子去了向往已久的环球嘉年华，有一天影子陪我到书店买了我一直垂涎已久的书。另一天我们请了很多朋友来家里玩，晚上邀约着去了歌城。

第七日终于来临了。我和影子几乎花完了钱包里的钱。影子用颤抖的手拨通了那个中奖热线。

"开哪门子玩笑！"影子中气不足地对电话里的某人嚷嚷，"你的意思是你们弄错了？中奖的是另外的人？"

一晚上影子都不说一句话。新短信息进来也懒得查看。我一闪一闪地看了内容："尊敬的朋友：由于我们的工作人员粗心大意，错发了中奖短信息，在此郑重向您道歉。为弥补您的损失，我们决定为您邮寄一件礼物表达我们的诚意，请先寄五十元礼品包装费给我们……"

我赶紧按手机上的删除键，如果影子见了非吐血不可。

加速化

从体育馆回来，影子一声不吭地回自己房间了。我耳贴房门窥听一番，却不闻任何声响。只好去厨房做了海带面自个儿吃着。

谁知晚上八点影子仍未出来。我猜想她可能是太累了，下午练羽毛球时就无精打采，于是我煮了冬瓜汤给她端去。

房间里坐着一位老太太，细看才发现是变老了的影子。出于慎重，我把冬瓜汤端回厨房，这才来仔细打量老太太影子。

"那个汤还是拿来喝了会好些。"老太太影子细声细气地开口了，"撒点葱花！"

影子从不吃葱，没想到变老以后口味也跟着变了。

"哎，我也不想。"老太太影子抹了一把浑浊的老泪，"可是加速化了谁都是这个样子……"

活脱脱我外婆的神态。

我心烦意乱地去酒吧喝了三瓶菠萝啤，哭了一小会儿。邻桌的高个子女孩一直发出频率很快的像鼹鼠一样的笑声。

红着眼回家，影子用含混不清的声音对我说："帮个忙。"

她从食品袋里抓起一把胡豆："嚼不动这个了，又想吃。"

我满脸泪水地接过干巴巴的胡豆。

LOS ANGELES POLICEMAN

  遇见LOS ANGELES POLICEMAN是在去年秋天。当时我常去电厂旁边的慢摇吧喝龙舌兰酒。那天晚上，一个男人凑到我面前。

"跟你说，我、我是LOS ANGELES POLICEMAN。"这样说罢，他从屁股兜里拿出一根皱巴巴的香烟。我把店里的火柴盒推到他面前，定睛打量来人。

他脚蹬一双亮得刺眼的大头靴，下面是旧得发白的牛仔裤，上身套一件黑T恤，背后印着的正是LOS ANGELES POLICEMAN。

"洛——杉——矶——警察。"我小声拼出词组。

"一目了然嘛！"他端着一杯女士鸡尾酒，这多少让我心存不安。

"干嘛喝那玩意儿！喜……喜欢？"他不无稀罕地看我抹去嘴角沾的盐粒儿。

"倒也没到很喜欢那种程度，只不过一旦习惯了什么就很难改变。"这么说也在情理之中。"那，你在洛杉矶警局当差哦？"我问他。

"没、没那回事。"他大手一挥，"逛街看……看上这件T恤，就买了。"他皱着眉头吸了口烟，随即把烟碾死在烟灰缸里："跟你说，你后面那……那个男的肯定对那女的有企图，一……一个劲儿灌……灌她酒，最讨厌这种人！讨……讨厌！"他悲怆地望着那对男女。

店里人多了起来，我叫来侍者埋单。

"这位先生的酒钱我付。"我对侍者说。

"先生，请问您是指谁？"侍者小心地问我。

"28元，我只喝这……这个。"LOS ANGELES POLICEMAN摇着手里的酒杯对我说。

"就是这位嘛！"我嚷嚷。

"不好意思，先生您的身边没人。"侍者撤去鱼型烟灰缸，换上新的鸟型烟灰缸。

回家后我把酒吧的奇事说给影子听。"不对，不对！"影子说，"LOS ANGELES POLICEMAN是个漂亮又聪明的姐姐，她还给我表演绕口令，人很好呢。"

"你也去那家酒吧啊。"

"一周两次。"影子微笑着对我说。

金鱼

空调坏了。毫无前兆地，干净利落地。

没有空调的房间使我联想到即将开始杀戮的古罗马战场。

影子望了望我，又望了望桌上的金鱼缸，然后又望了望我。很显然，她热得如一块即将出炉的松糕。加点蓝莓果酱可能更佳。

"这样凉快点？"我问趴在鱼缸里乘凉的影子。

"总比在外面好。"影子的声音从鱼缸里传出来，犹如浸过纱窗的凉风。"求你，"影子换了个舒服的姿势，"递我一杯红酒可好？"

我满头大汗地找出那瓶朋友送的法国红酒。隔着玻璃鱼缸看水草里摇曳的影子，总感觉像看一件后现代的工艺品。

整晚梦里都是窸窸窣窣的细小声音。

2+2

"在我们生活的地球的某一处，有一个巨大的神秘之城，那里的居民——对应我们。"

"就是说，在这儿的你，在那边也有一个对应的你。"

"明白了吗，现在有两个你了。呵呵。"

"你也许要问何以至此。呵呵，持有这一朴素式疑问的不仅有你，也有我，还包括他们。打电话一问便知！记住，他们也时刻渴求着你们。呵呵。"

合上书页，我看了一眼床边的电子钟。离影子下班还有一个小时，于是我到新世纪超市买了水芹和速冻元宵。

晚饭后，影子到书房用电脑，我又翻出那本书。书是影子的，影子总会带一些莫名其妙的书回来。

除了对作者的口头禅"呵呵"有点气恼以外，从他洋洋得意的文字当中，我似乎被某种看不见的物质击中了，心里堵得慌。他写道："那个他也存在着和你一样的疑问。想想看，早上一觉醒来被人告之，呵呵，这世上还有一个你哟，呵呵，何苦来这门子事？所以，他想找到你，早点了断这件事。"

"如果他先找到你，事情可不大妙，呵呵，他会替代你去上班，周末不是你，而是他和你的女友去热舞POP，呵呵……"他继续写道，"想想都心烦不是？"

"她给你打电话了？"我担忧地望着影子。

"别怕。"影子看着我手里的书，镇定地说，"我心里有数。"

唉，想想都心烦。

打错了

"对不起……"影子咕哝了一句,红着脸坐回到我身旁。

"又拨错了。"影子本来想给妹妹打电话,却错拨到了动物园。

我俩经常拨错电话号码,这都怪那部在减价商店买的电话,当时只是觉得式样新奇又便宜,没想到实际使用起来极其不方便。设计者显然把重心偏向了外观、形状、颜色,按键部分则草草带过、敷衍了事。

比如;

"啃得鹅快餐店。"可我是往小舅子家里打电话。

"1+1婚介所,您好?"这次离谱了,我是打给初恋女友的。

不一而足。乐此不疲。

我有了把这电话生吞的想法。

我拿起电话准备告诉影子一个事儿。

"我不要炸鸡,没心情谈恋爱,不要天气预报股市行情汽车保险生日蛋糕张三李四王二娃艺术招生人体写真找工作找房子找宠物找朋友不会说话不会猜谜没有耐心没有磁性没有存款没有人性,我就说这一句。"我一口气说完,心情多多少少好了一些。

"那你打错了。"影子在电话那一头忍住笑。

排列

　　情人节又到了。去年我给影子买了花露水，今年则买了拼图板。

　　下班回家，影子笑眯眯地望着我，手里还捧了个东西。

　　"西个路，好你！"影子说。

　　我虽然听不懂她说什么，但还是接过她的节日礼物。是一个蜜蜂相框。

　　"谢谢。"我递给她拼图板，她马上说："空有找见！""

　　"你说的是什么鸟语啊！"我沉不住气了。

　　"蓝篮子，优惠次？啧啧！"影子显然急了，而且快要哭了。

　　整个晚上影子一直对我说着仿佛天外来语般的话，最后，在她一连声的
"拉见合！拉见合！"的喊声中，我昏昏睡去。

　　一觉醒来，肚子空空如也。我排空脑中的一切，边听早间电台的无害音乐
边做简单的早餐。影子晨练归来，我便招呼她坐到餐桌边。

　　"人昆西，平大来没，合走天。"我对影子说。

　　"你说什么啊，我怎么听不懂！"影子瞪大了双眼。

　　唉呀呀，轮到我说鸟语了。

梦

　　我住家的直港大道因为拥有一条笔直的水泥路，成为了附近飙车族的活动场所。每天夜里零点一过，准能听见重型摩托那低沉有力的轰鸣声。

　　影子望了一会儿窗外，叹了口气。

　　"帅啊！"她突然冒出这么一句。

　　我伸手摸她额头，确认并没有发烧迹象，于是给她泡了大麦茶。

　　"我也要骑摩托，轰……轰轰！"

　　我差点打翻了手里的咖啡杯。

　　第二天是休息日，我领了影子到游乐场骑旋转木马。后来影子骑着骑着就睡着了。

　　我在周围小朋友的注视下，红着脸把她弄醒。

　　"我做了个梦，梦见一个蒙面人骑着黑乎乎的怪摩托车把我抢走了，你骑着一匹小木马在后面追啊追。"

　　"后来呢？"我问她。

　　"后来……后来你当然把我给夺回来了，把那个摩托车砸得稀烂，把蒙面人丢进鳄鱼池了。"

　　我舒了口气。影子还蛮会说话的嘛。

　　我这么一夸她，导致了往后的一个月里的每个星期天，我都得陪着影子去骑旋转木马。

　　"醒醒，到站了！"我感觉谁在捅我的腰。

　　"刚才你睡着了说梦话呢。"影子担忧地看着我的眼睛。

　　哦，原来是个梦。

　　"你一共说了29次旋转木马，29次！"走出轻轨站的时候，影子突然说，"那个一定很好玩……"

台风

　　我有一台电视机。我的电视机只有一个频道。每天每天我就对着只有一个频道的电视机或坐或卧或做其他事。

　　今天看午间新闻，女播音员用紧张的语气播报着一则临时消息：明天中午到后天早上，一股强台风将侵袭本市，请市民做好防台风准备，尽量避免外出活动。

　　我打开冰箱门，用最快的时间计算出剩下的食物和水只能维持到今天晚上，于是我打电话叫出影子上街购物。我将列在清单上的物品一一买来，共计买了防雨衣两件，手电筒一支，睡袋两个，食品饮料若干，为慎重起见，我还在建筑用品商店买来两顶式样古怪的安全头盔。影子则买了泡芙蛋糕和起瓶器，在美丽坊做了新指甲，到邮局看望了在那里工作的妹妹。

　　终于，台风来临的时间到了。我仔细确认门窗牢固程度，逐一检查电器开关，不时窥探窗外动静。而就在关键时刻，影子却溜达到了室外的空地上。

　　"危险！台风要来了！"我对她大喊。

　　"台风？"影子做出难以置信的表情。女孩儿的表情还真丰富。

　　"电视台不是播了吗？"我急了。

　　"哪里会有什么台风哟！哪个电视台播了？"

　　"就只有一个台啊！"我留意看着远处的云层。

　　"乖乖，我前几天去有线台办了卫星闭路电视，可以收看三十多个台呢。"

　　我的天，我不知转到哪个台去了！

手机

我扔掉公文包，一头歪倒在沙发上，唉，劳累的一天。

茶几上好像有东西。

我拿在手里细细端详。呵，好漂亮的新手机。

我拨了影子的手机号码。

"你拨叫的用户不在服务区，留言请按 1 。"

按了 1 。

"对不起，留言机到幼儿园接孩子去了，请按 2 接通机器宝宝。"

"晕倒！"我大叫。

"晕倒请按 3 接通自动充氧机。"

少顷，话筒里传来一个朗朗的男声："劳您久等了。我是自动充氧机，能为您做些什么？"

"哦，我找影子小姐。"

"是，嗯，对……"

"影子在哪里？"我用尽最后一点力气喊道。

"你回来了。"影子从厨房探出半个头来，"今天吃火锅，好吗？你干嘛？"

"可，可这是……它还……"我指着手机痛心疾首。

"哦，这是在心意坊给你买的最新声控玩具手机。"

73

马猴

电话进来的时候我正在冲凉房淋浴，铃响五声后仍没有偃旗息鼓的意思，我只好关掉热水器，披上浴袍去客厅接听。

"影子状况相当不妙，大吼大叫还乱摔东西，你快来劝劝她！"阿姨用几乎颤抖的声音说。

我赶紧打的到影子家救火。

看到影子后我稍微放下了悬着的心，哈哈，那个家伙哪里是影子嘛，根本就是马猴！一看便知。

变成影子的马猴对我的突然出现无动于衷，瞧，现在又准备拆天花板了。

我给昏倒在地的阿姨搭了一条毛毯，开始想办法对付马猴。

想起以前在动物园工作的朋友曾对我说过，猩猩最怕相声，我觉得眼下不妨在马猴身上一试。搜索电视频道，嘿，CCTV3正播相声呢！

果不其然，相声一传到马猴的耳中，马猴就咕咚一声倒在地上动弹不得。影子得救了。

"马猴来过，刚才。"确认马猴走后，我含笑看着慢慢坐起来的影子。

"马猴？"她一脸茫然。

"我用相声把它赶跑了。"

"相声！天，快关掉那该死的电视！"影子从地板上一跃而起，动作敏捷如马猴。

马猴又回来了。

咚咚咚。咚咚咚。

我的头开始痛了。

芝士

翻看超市宣传单，得知芝士正在大减价，遂步行五分钟，去超市采购一番。

芝士专柜人头攒动。货架上分列着卡夫芝士和安佳芝士，我正踌躇间，促销员像夜航的潜艇一样从我身后冒了出来。

"先生可曾用过芝士？"有着一张芝士色脸的促销员笑眯眯地望着我。

"多少晓得点。"

"卡夫呢，香味浓郁，而安佳虽然硬一些，倒蛮适合做三明治，呵呵。"

于是我买了12片装的安佳芝士。

不料当我回家准备做奶酪三明治的时候，芝士变成了奶牛。12片芝士悉数变成12头哞哞叫的新西兰小奶牛。离我最近的那头小牛还一口吃掉了我手里的面包片，接着毫不含糊地舔了我沾面包屑的手。

电话铃响了，我在满屋子的牛蹄子中间好歹找到电话机，影子在那头神秘兮兮地说："告诉你，千万不要买芝士哟，我昨天买回来的芝士全部变成绵羊啦，咩咩叫的如假包换的绵羊！（喷嚏声）你知道我对羊毛过敏的……还有啊，你有没有舅舅的电话？那次家庭聚会他好像说过最喜欢喝羊杂汤……"

图书馆

听说附近新开了一家图书馆，我决定去看看。

接待台的小姐对每一位进馆的客人都报以90%的职业性微笑。地毯给人的感觉就好像刚参加完布艺展览，中央空调缓缓送出带有淡雅香气的人造风。书自然不少，好多都闻所未闻，且翻起来都有着不同寻常的新鲜手感。总之这是一家超级豪华的新图书馆。

我到带有投币功能的自动饮料机前买了矿泉水，转过身就看见了影子。

没想到影子变成了书。变成书的影子看上去好像满怀心事。于是我走过去递给她矿泉水，看她一口气干完半瓶。

"图书馆有图书馆的规矩，不能随便走动，每四小时才休息一次，可以到后面的走廊那里。"她指给我看，果然，后面的走廊墙上镶着"休息室"的字样。

变成书的影子说话音调有点奇特，听上去瓮声瓮气的。除此之外，她身上还有一股很好闻的油墨香味。

"前晚没回来，昨晚没回来，原来你在这里。"我对变成书的影子说道。

往后的一个月时间里，我每天到图书馆探望变成书的影子。上个星期我给她带了最喜欢的水果蛋糕，上上个星期则是烧烤。在休息室闲聊或吃我带来的食物时，变成书的影子有好几次想对我说什么却欲言又止。我自然明白她的心情，可图书馆就是图书馆，而且岂不是已经变成书了？

我摸摸变成书的影子的头，一口吃掉她剩下的小半块曲奇，端详一会儿她的脸。

回家以后，我第107次凝视图书馆的借书卡——那张名片大小、暗蓝色底纹的塑料卡片右上角印着好看的蜂鸟图案。

这不正好？我试着发出声来。

过山车

游乐场肯定有过山车。

于是，我今天就换乘了电车，去坐过山车。

它就在那儿，以冷冰冰的眼神俯视着我，看上去已显得十分的疲惫。

我当然买了票，抓紧扶手，在哐当声与小孩的尖叫声中，或像宇航员一样整个身子悬空，或身体扭曲成 C 型，总之，我觉得今天的过山车甚是了得，简直像一个跑过山坡的疯子。

我闭上了眼睛。

世界自我闭眼之时悄悄地改变了什么。

眩晕过后，我发现我动不了了，不，准确地说我变成了过山车，变成一列浑身涂满黄色防水漆，被紧紧箍在单轨上的不折不扣的过山车。

我第一个反应是掏出手机告诉影子我变成过山车了，但是很快发现这完全是个空想——我根本没有手。于是我彻底放弃这个念头，静候事态的发展。

我感觉附近有什么在盯着我，我看见原来那列过山车以无法形容的形体趴在地上，它依旧用那冷冰冰的目光盯着我，然后头也不回地从我视野里消失了。

我突然意识到我是第一个变成过山车的人。

您能帮我么，告诉影子我变成过山车了。谢谢。

铃响过后，新一轮的乘客蜂拥而至。他们都有着很好看的不同样式的鞋子。

偶然事件

今天从"我之咖啡"开完会，回家的路上买了烧烤。结账：14元。

回家，小区底楼的两部电梯，左边的那部停在1楼，右边的在4楼。两个数字放到一起，14。

这两个数字，如并未事先预约的两条大马哈鱼为了产卵这一共同目的而在大冰川的冰河某处偶然相逢，奇妙地契合在了一起。

于是想到，这世间很多事情，是不是都有在某处不期而遇的那一刻？是否都会在相遇一瞬，同时发出带着冷荧光的暗红色微笑？

姑且把这称为"并未事先预约的两条大马哈鱼为了产卵这一共同目的而在大冰川的冰河某处偶然相逢"事件。可好？

Big House

我祈望上帝——在我有限的认识里——能让我在2007年拥有一幢Big House。

无论我的想象力到达哪里——倘若世上真有那玩意儿，我希望能在Big House里实现。

我真心希望，它可以建在城市边缘一处还没有被污染的区域里：那里没有工业废气和有毒垃圾，和善的交通——缓慢移动的电瓶车。

在停车库里，并排停放着我心爱的悍马H3和小静的莲花012迷你跑车。

一条小河从我们的大院子中穿过，河里有鱼。临近山区，甚至会有迷路的野羊误闯入谁家的院子。

邻居家，称得上真正的艺术家庭，因为他总是带着老婆和三个孩子在院子里孜孜不倦地制作雕塑。我很欣赏他们的作品，还近水楼台先得月，从他那里以极低的价钱买了一件小兔雕塑——我和小静都喜欢那件作品中隐隐透出的静谧风格——并把它安置在门前草坪那棵月桂树下。邻居的邻居则是能烤出地道松饼的好手艺的西点师傅。

夏夜的周末，我会和小静带上红酒去拜访他们。一大帮人喝酒聊天，谁还把迷你型音响搬到了室外。最近我们依不同兴趣爱好组成了书友会、音乐圈，小静因为和李家那个扎马尾辫的小女孩都喜欢村上春树，作为倡导者还在我家成功举办了"村上书迷会"的第一次活动。

我家的小狗尼可喜欢在小河里追逐鱼儿。她时常傻傻地伏在岸边草丛里观察，继而扑通跳进河里，和水中鱼疯狂嬉戏。那时候，金色的狗毛溅起的水珠在阳光照耀下形成了小小的彩虹。小静把尼可的戏水画面摄进了DV。我们一边互递手里的可乐和薯条，一边乐呵呵地在电脑里放着看。

小静自己有一个绘画工作室，设在市中心，因为她嫌时常把画作搬来搬去麻烦，这几天干脆把城中的工作室整个搬回了家里的阁楼上。我和她精心挑选了几幅喜欢的画，把它们挂在卧室和楼梯的墙壁上。但是我们很快发现这是个问题：她的画作中的人物或动物经常自行跑下画来。起初我们没当回事，因为，那些飞出画中的鸽子比较安静，每天只是在我们生活的街区上空不停地转圈，晚上集体栖息在屋顶。

　　鸽子倒也罢了，她画笔下的那些人在晚间跑出来就有点麻烦了：先是她画的那群建筑工人整天吵吵嚷嚷要找工作，我们好歹把他们安置在街心花园干活以后，一个小孩儿，她临摹了很久，自行跑出画来，用书房里的打孔机把我家草坪上那棵月桂树的绿叶全部打上了孔，还恶作剧地把白兔身上涂满了黄色油漆。

　　所有的平衡都被打乱了。自"月桂树事件"以后，每晚每晚，我和小静都只能坐在千疮百孔的月桂树下，悲怆地望着那只黄色小兔子。

　　我环顾四周，发现自己正置身于现实空气中，所有的一切仿佛在急速往后退去。

　　很冷。

　　小静用干毛巾为我擦去额头上的汗："你刚才一定梦到了不好的事。"

　　我唯有苦笑。黄兔子还在眼前一跳一跳。这让我右边的太阳穴隐隐作痛。

　　"朋友说想和我合伙开一间工作室。你觉得呢？"小静认真地望着我的眼睛。

　　"准备做什么？"

　　"绘画工作室。"小静说。

我是博客

Hi，大家好，我是小蜜蜂。

你们都写博客吗？都像我一样吭哧吭哧，乐此不疲，数月如一日往博客里装进什么吗？

最近我遇到点事情。

我觉得博客似乎有什么事想对我说，或者某人正在某处未知的地方连连呼唤我。

怎么回事呢？我也不知道。感觉上就像从月球度假归来，忽然想起有件事还没办完似的。

言归正传。

昨天我打开博客，一如往日的熟悉的界面。喜欢的简约风格的模版。几条朋友留下的或认真或调侃的留言。

正当我收拾心情准备打字的时候，我明确地觉得心被什么碰了一下。在这一瞬间，我确信有什么东西想开口说话。

但是，整个房间除了我，并没有其他可以说话的活物了。起风了，我关好窗。

坐回电脑旁，我逐一检视博客，每行字仔细重读，每条评论认真检查。

正常得如同硬币两面的电脑显示器以无比严肃的眼神正视着我。没有幻觉出现，从关着的窗户外传出雨点击打屋檐的滴答声。

我屏住呼吸，开始写极短篇。在将写的这一集里，我要把伴随了我几年的影子赶走。

我有种感觉，在我每打一个字的时候，按键都异常吃力：键盘仿佛在外力的作用下不肯与我配合，电脑似乎比平时显得迟钝。除此之外，写作进行得异常顺利。

第二天等我打开博客，我盯着屏幕呆坐了半天：昨晚写的极短篇不见了，那里只剩下一片纯粹的空白。

你好，我是Jane。

我在20岁以前一直写日记。那本记录了我几乎所有秘密的日记本，被我珍藏在书桌最下面的抽屉最深处。

最近朋友们都喜欢在网上玩博客。在尝试了几次以后，我也有了自己的。我觉得这个东西也挺好。

我不会在博客里写所有的事。因为他们告诉我，博客可以设置成公开的形式。我不想我的心事被谁窥探。

有一天，我偶然搜索到一个男孩的博客。起初是觉得名字好特别，小蜜蜂博客客，于是时不时进去看一看。

小蜜蜂写了很多极短篇，每篇里面都反复提到一个叫"影子"的女孩。有时，我在看他写的这些东西的时候，会陷入一种恍惚的状态：我觉得自己就是影子。故事里面发生的事，仿佛我已经历过一般。

他更新很慢，有时连着几个星期都看不到新的，有时连续几晚上都有。这更使我对他充满好奇。他是做什么的？为什么反反复复都提到同一个名字——影子？影子欠了他很多钱吗？

越是这么想，就越弄得我心思恍惚，上周公司开会还因为走神被老板训了一顿。

昨天晚上，我又进入了他的博客。突然心里有种怪怪的感觉：他此刻在线上！

我抑制住狂跳的心，静候事态的发展。

他在重庆，而我在上海，我们相隔十万八千里，但是我觉得他就在旁边，正静静地敲着键盘。

不知过了多久，我刷新后看到他刚写的一篇极短篇。这篇里面没有影子。我有点心慌。

我揉了揉眼睛，从头到尾又看了一遍，哪里都找不到影子。

我不禁气恼了起来。

喏，各位，我是博客。准确地说，小蜜蜂是我的主人。

你们大概也知道，做博客比较不容易，因为我与其他博客不大一样。

我在试着进入他的内心。

我喜欢我的主人。他直率、善良，有着一双忧郁得可以使河水结冰，让小鸟停止歌唱的眼睛。

这几天看得出他正在做一些改变。虽然他没对任何人说起，但是凭博客天生的敏感，我知道他做这个决定很难。

他一直都在写关于影子的极短篇，但是他觉得不能再写影子了，他要作出痛苦的选择。

他很孤独，真的，那种无处不在的孤寂感甚至使我一段时间无法正常开口说话，进食没有胃口。我不想看到他这样过完余生。

所幸，有个姑娘开始注意他了。这是好事。

那天晚上，我看他打字的时候手在颤抖。我预感到有事要发生。

果然，他的极短篇里没有影子出现。我感到全身发冷。

那个叫Jane的姑娘也在线上注视着他的一举一动。她似乎很生气。

必须做点什么，绝不能坐视不管。

在他关掉电脑以后，我悄悄地把他刚写的极短篇隐藏了。做这事的时候我甚至心情愉快地吹起了口哨。

我在试着进入你们每个人的内心。喏，我是博客。

象牙港湾

A 　是午后三点。她走进最近的一家酒吧。店子静得出奇。顾客像被吸进了地缝或是其他的什么原因，只剩酒保在桌间出没。总之一个无聊的下午到了一个无聊的酒吧。仅此而已。卡布其诺。她用岩石裂缝般的眼神催促一个面目可憎的男侍。少顷，领班亲自端来热腾腾的咖啡。不知哪里放起了比知乐队的《more than a women》，是她喜欢的调子，都市的哀怨情绪。以前在哪里听过来着。那时她还在念书。和要好的女友整晚泡在酒吧，听爵士，谈论前卫电影，对身旁荷尔蒙急速增长的男生不屑一顾。基本不上正经课。对了，是那家有着奇怪名字的酒吧，叫"赫尔·巴伯"。

B 　去"赫尔·巴伯"？那个男孩问她。

C 　有一种植物，每到晚上就绽放淡淡的幽香。我家花园种了好多好多呢。夜来香是我喜欢的。男孩在暗处轻轻说。

D 　你怎么知道？

E 　我家的隔壁住了一位老人。老人种了许多夜来香。有一天老人走了，再也没有回来。人们都说他疯了。

F　她开始要第二杯玛莉白兰地。熟悉的地方。温暖的感触。令人感伤的往事。她离开座位。

G　她站在洗手间的镜子前，细心地补妆。

H　我常去的地方，可以望见对岸的灯火。

　　我管它叫"象牙港湾"。

　　灯火，忽明忽暗，像萤。男孩用优雅的姿势点燃一支七星烟。

　　你抽七星？她对着男孩的眼睛问。

I　男孩扶住她的肩。她脚步踉跄。

　　醉了。想去看萤。你要带我去！

J　男孩注意到时，她早已哭了。

　　河水冲刷着沙滩，悄悄带走了她脚下的一些沙子。

K　我说，这就回去？

　　她心里突然腾起一股莫名的情愫。

　　河边一闪一闪像萤的灯火。近在身旁的男孩。汽笛。青春的感怀。一次偶然的邂逅。你好与再见的重逢。夏夜的"象牙港湾"。

L　再见。晚安！

　　晚安。

草丛人

　　我长久地望着窗外那块空地。空地的野草快长到膝头时，每到深夜，总能听到草丛里传出细小的声音。也有可能是猫或其它小动物。总之凄凉得可以。再过不久怕是要彻底废弃了。

　　电话铃响的时候，我正处于深度睡眠中。这时候何必来什么鬼电话？

　　"喂，请问是bee先生吗？"一个稳重的中年男人在那头问到。

　　我看一会儿话筒。普通的银灰色塑料无绳电话，去年圣诞节从新世纪减价电器柜台购得。简单而耐用。

　　"我是bee，请问……"

　　"是杨家坪正街7号D座的bee先生吗？"对方再次确认似的问道。我觉得脑袋里什么地方隐隐痛了起来，就像顽童正往大玻璃瓶里掷进小石子。磕磕，磕磕。

　　"我是杨家坪正街7号D座的bee。"我披上外衣，从放在床头柜上的MILD SEVEN香烟盒里抽出一支烟点了。

　　"请叫我们草丛人。"那人说。

　　"我们正从远处赶来。"过了30秒，他继续说道，"再过半个小时，我和我的朋友就能抵达你处。确切地说，是你楼下的那块空地。"

　　我下意识地扭头望向窗外的空地。

　　"我只是一个公司小职员，身边既无巨额遗产也无值钱之物，如果是勒索就请另找一家，老实说，这个月的房租都还没缴。"我用干巴巴的声音说道。

　　"阁下放心，我们不是你想的那种人。之所以半夜还冒昧打来这个电话，实在是因为有事相商。"

"我说草丛人，"草丛人这个称呼未免有些滑稽，这使我联想到委内瑞拉的巨嘴鸟或澳大利亚的食蚁兽，"为何选择我打这个电话？明天可还有好大一堆事情不得不做。倘若只是无聊，那我恕不奉陪。"我说。

　　"bee先生，你的情况我们都很了解。就说昨天吧，你和单位一位女孩一起看了场电影，你送她回的家，还……"

　　"等等，这究竟……"我忙打断他的话。我的隐私怎么会事无巨细地被陌生人——说出且分毫不差呢？这岂不活脱脱成了谈话节目？对方好像猜到了我的心思，笑着说："先生不用担心，我们会为你保守所有的秘密。说句心里话，在我们草丛人的世界里，人人都为生活所累，成天像个永动机停不下来。时不时这样想：要是能停下来，哪怕只是一小会儿，搂着心爱的人到一个谁也找不到的安静角落，静静地待上两个钟头，该有多妙啊！啊，话扯远了，咳！咳！"他不好意思地解嘲道。

　　"之所以先打来电话说这些，是因为你还不了解我们，我们乃是作为实体存活于世，而不是空气什么的，人类诞生之日起就有草丛人了。可以说我们目睹了人类的发展史。作为邻居，你们人类实实在在让我们吃了一惊。"

　　"可是……"我问道。

　　"可是，"他接过话头，"你们看不见我们，因为我们是透明的。你们制造战争，拆散无数家庭，还随意破坏生态平衡，你们根本就没意识到那样做会有多危险。本来草丛人的世界很美好，但都被你们给破坏了。你知道吗，我都被迫搬了几十次家了。那天我们考察了一下，觉得你楼下的空地还算不错，你也算正直的人，最关键的是，你在文章中多次提到环保，这些我们都在网上拜读过了，觉得你值得我们信赖，因此商量之后，决定搬到这里来。"他一口气说完，仿佛在话筒那面长舒了一口气。

　　我轻轻放下话筒。窗外的天边已露出鱼肚白，我看表，再过一会儿，草丛人就会安家于空地之上，成为我的新邻居。

　　我兴奋。

重庆制造

A　食指伸出眯细双眼。推向180度角。复推向90度。太阳光线白炽明亮。远处飘来披头士乐队那令人心动的《挪威的森林》。斟半杯威士忌。望着桌上的空酒杯出神。移动那只打火机。沉闷搅动沉闷。又倒半杯威士忌。头脑稍微有点乱。思维在跳爵士舞。R&B。转圈。停下。下一个。再过两个月，这间小屋该有春的气息了。窗外小树林鸽子们在谈情说爱。小孩子上学了。晚餐做什么？现在还不是很饿。或者出去买烟时顺便端一锅小火锅。那家店味道吃惯了。再说老板也和气。邻家女孩和男友约会去了。《十二楼的莫文蔚》值得一听。地方台那位主持人用带地方味的普通话预报一周为天气趋势。第三杯。女友家电话还是占线。P4发布了。价格偏高。美国演习星球大战。第四杯第五杯。思维转向。地球需要清洁。麦当娜和丈夫裸体度周末。又有一家银行被抢。节奏鲜明的非洲鼓。光影戏弄烟圈。时针划向4点又划过4点。要警惕有毒大米！大烟圈。小烟圈。烟圈。非洲的象牙被运往世界各地。将来人也会被克隆。梁朝伟和张曼玉联袂主演《花样年华》。全球网站纷纷倒闭。楼下的猫跑到我家来了。喵喵叫的小猫。

B　电视像被人切断了声带。停电演习。电信局许诺仨月内开通宽带网。网上可以养个男人。姐姐妹妹跳出来。那就等着沦陷吧。陶子。蓝调。布鲁斯与陶晶莹。午后的咖啡香。稳重的老式檀木桌。阿甘脚下的白羽毛。《重庆晚报》头版头条：轻轨一期工程2020年完工。1号线。2号线。3号线。纵横交错的线。线与面。空间不停变换。点与线。孔子说：吃掉菜里的姜，不要丢掉它。奥修说：你一直在爱，那就爱下去。杜拉斯说：他们哭，想说的都没有说。村上春树说：井。空间不停变换。冰雪的大地。等待苏醒的小草。该抱小猫回它自己的窝。电话通了没人接。女友家没人。楼上D座养猫的漂亮女郎。水也停了。示威的乌干达群众。怀旧的前苏联革命歌曲。自动跟唱功能。印度大地震。情人在情人怀里死去。奥修说：像鱼一样生活。车轮还是车轮。转圈圈。将音响模式调为摇滚。摇滚的邓丽君。摇滚的王菲。摇滚的零点乐队。摇滚的玛莉安·凯利。摇滚的2001年。美国新政府换汤不换药。在网上的TMD遭遇真正的TMD。语言失去尊严。失足的文学。

C　将来的生活，究竟是什么样子的呢？小猫问。

　　或许不足为奇。鸽子说。食料充足。

　　做地道的人做地道的事，非洲象摇了摇大耳朵。

偶然

A　这世界充满了无数个可能，因而产生了许多种人生：有的人锲而不舍地给某人写信，有的人痴迷于琴棋书画，有的人迷恋上网，而我则钟情咖啡。

那天我走进了一家西餐厅，只因为朋友说这里的现磨原豆咖啡很不错。在喝Blue Mountain的时间里，我时而眼望窗外，时而瞟一眼邻座正在进餐的两个女孩儿。看样子她们好像饿坏了似的，一个劲儿地往嘴里塞进炸薯条和水果沙拉，至于为何上来如此好的食欲，何尝非要吃掉足够我吃一个星期的食物，我却无从得知。我甚至一度产生了错觉：两台型号一样颜色相似的割草机正以同一频率修剪草坪。咔嚓咔嚓。

她们（割草机）进食主菜——黑胡椒鳗鱼的时候，我开始喝第三杯咖啡。想到鳗鱼老兄肯定不中意和傻里傻气的黑胡椒搭配在一起，我就不禁暗暗发笑。咖啡十分地道，足以代替我所有的思考，此刻我只需闭目放松，一如忘栓缆绳的小船顺流而下，呼吸到的尽是河边花草的清香，耳边只闻翠鸟的呢喃。尽管割草机依然振动着现实的空气，但现在倒不至于那么讨厌了。想到这儿，我不禁又偷偷瞟了她们一眼：正对着我的女孩儿模样还算可以，妆化得恰到好处，脸上还带着几分稚气，估计也就20出头吧。背对我的那位看不太清楚。从她们捂嘴低声交谈的举止来看，十有八九是附近公司的Office小姐。

喝罢咖啡看完女孩儿，我抬手招来女侍，付账离店。出得店门我才想起把书忘在座位上了。书虽然旧了些，但我一直都很喜欢，时常翻上几页打发时间。于是我重返西餐厅寻书。不料书已不在原处，而不知去了什么地方。正当我茫然四顾的时候，有人在背后轻拍我的肩，我回转头，看见那个女孩儿笑眯眯地望着我，手里正拿着我的那本书。

"本想叫住你，可你转身就走。"女孩儿低头哗啦哗啦地翻了翻书，"喜欢读他的小说？"她问道。

我点了点头。本来想说就像喜欢咖啡一样喜欢他的小说。

"好书啊，我也时常读的。"她一边说着一边把书递还给我。

我道谢接过书。目送她和同伴的身影消失在西餐厅门旁摆放的巨大塑料植物后面，随后步行十分钟，抵达家中。

B 这世界充满了无数个可能，因而产生了许多种人生：有的人独爱环球旅游，有的人喜欢和别人分享自己的心爱之物，有的人沉醉于倾听双脚踩碎秋日落叶的声音，而我则喜欢和要好的女友去哪儿美美地吃上一顿。

那天我和同事去了一家西餐厅，只因为听说这里供应全城最好吃的鳗鱼套餐。在边吃味道不坏的炸薯条边等Pepper Eel的时间里，我时而听同事絮絮叨叨地说她新认识的男友，时而瞟一眼邻座那个喝咖啡的男人。看起来他好像对咖啡怀有某种特殊的感情，每喝一口都显出心满意足的样子，至于为何摆出此种表情，又为什么非要一杯接一杯地喝，我却一点也猜不出。我甚至有种奇怪的错觉：一台抽水泵正不知疲倦地慢慢抽着池塘的水。咕隆咕隆。

他（抽水泵）喝第三杯咖啡的时候，今天的明星——黑胡椒鳗鱼上场了。想到那个男人此刻还在喝着又黑又苦的玩意儿，我就不禁暗暗发笑。鳗鱼非常够味儿，经过大厨的绝妙手法烹制而成，香喷喷滑溜溜，我俩差点连舌头都吞进了肚子里。这世上再没有什么比品尝令我食指大动的美食更快意的事了。尽管抽水泵仍在咕隆咕隆地抽水，但也不至于影响本小姐的食欲了。想到这儿，我不禁又偷偷望了他一眼：身穿与本身气质极其合拍的颜色得体的衬衫，25－30岁之间，一直低头盯视手中的书，好半天才翻一页。估计是个作家。

差不多快吃完的时候，同事抬手招来侍者埋单。等我注意到时那个男人已经走到了餐厅门口，可他刚才看的书还在座位上，一定是忘记带走了。我想叫住他可他转眼就不见了踪影。我好奇地拿起那本书，一看封面居然是我最喜欢的作家的小说。此时他匆匆返回了西餐厅，我鼓起勇气，走过去拍了一下他的肩膀。

他回转头，茫然地看着我。我想起他刚才喝咖啡的样子，不由笑起来。

"本想叫住你，可你转身就走。喜欢读他的小说？"我问道。

他点了点头，孩子气地笑了。笑的样子很好看。

"好书啊，我也时常读的。"说罢，我把书递还给了他。他道谢接过。

在他目光的注视下，我和同事离开了西餐厅，返回公司继续上班。

开花

年轻是美丽的。年轻的人，年轻的心事，年轻的空气，它们都是美丽的。花就开在你我的心上。记住，这时你是最美丽的。但不要忘了你的童年。你从种子一直长成大树，你最初是混沌一团。你的枝叶还在沉睡，人们从不注意你。你哭，笑或是做其他只是徒劳。人们会说，瞧，他多幼稚可笑，而且蠢笨。他们不知道他们也是这样来的。你是独特的。你从一出生就带着你独有的印记。你生气人们会这样看你，只是因为你独特，你独特地生气，独特地生活，你从一出生就很独特。成长是漫长的。千万别灰心。失败，再失败，你注定逃避不了。成长是漫长而辛苦的，一粒种子要长大成材是困难重重的。人们会嘲笑你，如同嘲笑一棵不该生在这个世上的病苗。他们错在不知道他们也是独特的个体。记住，他们是错的，而你一出生就对了。

你有了爱情，那个人你很牵挂，你可以在100个人面前毫不掩饰地夸耀他，可爱情在你和他出生以前就有了，它比你和其他类似的人都更早地存在着。你有了爱情，它是一种比你能想象得到还多的实体，你实际上得到了幻觉。你说你爱他，每个人都这么认为，它就一直跟着你，成为你的影子，而你还在为得到这个多余的影子高兴。请你回忆，是恋爱以前做的蠢事多，还是恋爱后？你一定会沮丧地回答后者。那么我告诉你，爱情是实体，是对的；你是对的，那么就这样坦然，自然面对它，让它在心里开花。爱情的结果是考虑很多因素促成的，而你不是谋士，你不需要作出判断：这个是错的，而那个又是不合适的，你不需要作出这样的判断，你只是适应。爱情从它诞生在这个世上的第一秒钟就适应了世界。适应是每种存活的实体具备的基本素质。你有了爱情，你就有了基本的适应。但记住只是基本，你不会去做更深一层的挖掘，那样做只是白费力气。因为爱情只是幻觉的延伸。

你年轻，你充满理想，就这样，静心，适应，开花只是早晚的事。

我学会了用猫语向狗儿打招呼

怎么回事呢，这个？

原因倒说不明白。总之从上个星期三开始，我对自家的狗儿说起了猫语。

说起这条狗……倒不是什么好珍贵的品种，小博美，加上大病一场，折腾了很久，好歹缓过来了。光说都够呛。病好以后简直像另外一条狗了。不知它那个小脑袋里在想什么：嗯，bee这个蠢家伙休想猜到我的念头，嗯哼哼，他手里拿根香肠过来了！不理他。类似这样的想法大概也是有的。

但最最让我诧异的不是这条狗成天在想什么，而是它不叫了。

以前一回家，它必定大叫几声，扑到我膝盖以下的部位扭捏几下，之后端端坐在我的脚上。然后开始跳祈食舞。舞姿大概是左三下，右三下，后退两步，舔嘴巴。这类似给主人动作暗示：嗯，还不准备饭？我可是饿得不行了！我也不是等闲之辈，这几天都在琢磨它的食谱。前段时间它肠胃不好，去超市买了婴儿米粉；昨天开始尝试性地喂了混猪肉末（加了鸡蛋）的干饭。每次都吃得稀里呼噜，也有几次眼皮儿都不抬一下。总之不是好伺候的角儿。

还有什么不好呢？它不叫了以后，我开始失眠。

求求你狗儿，叫几声让我精神好起来。求求你，喵喵喵。

不料向它说了猫语之后，它看我的眼神有了些变化。起初是动几下耳朵，四处寻找声音的来源，然后是在房间里到处嗅。我这条狗儿不是猎犬，嗅觉听觉那些劳什子对它基本无用。不过这一来二去，它好像精神好起来了。足够的好奇心也有了。

恩，我的猫语也该毕业了吧？

扫描仪

扫描仪窥视我家已有三天了。

最先发现扫描仪的是影子。那天她偶尔推开窗换气，一抬头就看见扫描仪正趴在院子外墙上，神秘兮兮地往屋里张望。

"贼眉贼眼的，穿件看不出颜色的衬衫，一看见我就哧溜一声跳下去了，倒把我吓了一跳！"影子心有余悸地抚着胸口。

"可他不是已经戒掉了偷窥的毛病了吗？是不是看错了？"我拍拍她的肩膀。

影子睡着以后，我轻手轻脚地换上衣服。扫描仪就住在街角的花园旁，我得去问个究竟。

扫描仪对我的突然造访显得有点手足无措。他看上去很疲劳，胡子足有一星期以上没剃了，上面还粘着一小根面条。

"对不起对不起。"没等我开口，他就先道起歉来。我注意到他衣角有一些墙灰。"本不该做那样的事，我错了！"他的肩头开始抽动。

"等等，先别哭！到底怎么了？"我把手放在他肩上。毕竟是十多年的老朋友了。

"公司上周叫我办退休，我想到你也许用得着我，可我看到你家已经有了新扫描仪，唉，往后可怎么办！"

一周以后，我家有了两台扫描仪。旧的那台是我十多年的老朋友。他工作尽心尽力，从不出差错。

朋友还是旧的好啊。

涂改液

公司那瓶涂改液用完了，我到内勤那里领了一支新的。

这位涂改液先生一看到我的工作椅，就一屁股坐到了上面。

"嗬，蛮软的嘛，嗬嗬，你小子真的一整天都坐在这劳什子上面干活儿？"

"对不起，能让我用用它吗？"我抬起手腕看表，手头可还有一大堆报表要填。

他恋恋不舍地离开了座位，接着又对我桌子上的镇纸品头论足了半天。

整个下午我基本上没做成什么事。涂改液先生简直就是个十万个为什么先生，对任何事物都怀有一种仿佛与生俱来的好奇感。

好歹捱到了下一次领办公用品的时间，这次我领了尺子。

"啊啊，尺子我本事没有，下象棋倒是把好手呐！"

得得，来了一位象棋高手。

公告

城市快速干线是本市重点工程之一，为加快城市建设，方便市民出行，市政府下了大力气建造。近期以来，施工方发现一项重大施工隐患。

施工点A—26E—30处出现路面异常情况，致使工程处于半停工状态。经调查了解到，不知从何处冒出来的三头野山羊（一公一母另有一小羊）占据了该施工点，并在此安家落户。经与当地居民攀谈得知，施工点A—26E—30附近原为一原始森林，因修快速干线之故而砍伐了树林，这些野山羊原本栖息此地，出现干扰施工的事件，实属山羊对原住地有种强烈的依恋所致。

道路施工方还反映，自从工人们发现这野山羊家庭以后，大家都不愿干活了，原因是他们很喜欢野生动物，说它们通人性。这次事件已严重干扰了市政府的决心，必须尽快清除路障，确保年前工程顺利完工。经工作组广泛征求意见，目前有两个方案初步出笼。

方案一：工作组派专员奔赴全国各地找寻会说羊语的人士，经过初选、复选及最后的PK大赛，最终从上百位人选中筛选出两位，尝试与野山羊家族沟通，劝说其离开。

方案二：于今天晚上零点开始对该山羊家庭实施驱逐，必要时可依令实施猎捕……围猎小组由当地富有经验的猎户组成。为了保护野山羊的生命安全，严格规定只能用麻醉子弹射击。如第一套方案不能成功实施，再启动此方案。

经媒体报道此次事件以后，工作组每天都要接听上百个全国各地群众打来的电话，内容千奇百怪。山西一位家庭主妇询问野山羊如何过冬；四川一名学生则与其同学自发组织了"野山羊会"，还寄来了他们自创的《野山羊之歌》的磁带，可谓用心良苦。

工作组将于下月20日举办首届"野山羊节"，现正式对外招商。取得主冠名权的单位，将永久免费获得野山羊全家福照片的使用权……

"开门，爱人。"

　　一场冷雨彻底扫荡了昨日的太阳带给人们那恍若初夏的温暖错觉，我加了件衣服，可还是感到寒冷正摇撼着我的全身。毕竟是二月。

　　接了个朋友的电话。他要结婚了，道出女方的名字，居然我也认识。我在脑海里略微回忆了一下那个女孩的样子：样子可爱，人不错，大学时候我们三人经常去学校后面的小酒吧喝酒。"明天情人节了，要是没有其他安排，不如出来？"朋友问道。

　　我实在想不出拒绝的理由，确认除了我们三人再无他人后，我们在电话里定好了约会的地点。放下电话，我撩开窗帘窥视窗外：黑沉沉了无生机的夜，被雨淋湿的街道行人稀少，唯剩路灯闪着若有若无的光。依情形看，这雨恐怕还得下一段时间。关上电脑，我拿起村上春树的《世界尽头与冷酷仙境》看了二十几页，随即睡意汹涌而至，将我推向陌生的梦之站台。

　　第二天一觉睡到十点过，醒来后全身竟酸痛不已。我量了体温，有点儿发烧，好在还不至于无法下床。我下楼取了报纸和信件，然后在常去的小店吃了早餐。今天的气温依旧低得出奇，就好像冬天卷土重来似的。老板一边搓着双手，一边招呼进出的客人。邻座的女高中生一副未睡醒的样子。买菜归来的主妇不厌其烦地翻看当日减价商品广告。每个人的脸上都不带有今天是特殊日子而应有的附加表情，也可能是我观察的角度稍有偏差。不管怎么说，今天是情人节，相爱之人笃定倾诉心声，互赠爱的礼物。奇怪的是，一想到"情人节"这三个字，我的心中就漾起一股淡淡的哀伤，至于这种多少有点不合时宜的情绪何以产生却无从得知。也许单身太久了？

　　一个人做午饭的时候，我觉得自己真的成了村上小说中的主人公：独身，常常自己弄吃的，而且时常在有限的时间与空间里冥想。轻微神经过敏，但总的来说还算地道之人。唯一不同的是，村上笔下的男主人公总能讨得女性的欢心，而我却一次又一次与爱情擦肩而过。

在步行去约好的那家酒吧的路上，我遇见好几个手捧玫瑰花的男孩。今天的玫瑰花都格外光鲜亮人，想必花老板在花中加进了什么特殊物质。朋友看上去比学生时代胖了一些，女孩子则比以前更漂亮了。怎么看都是称心如意的一对儿。我们都喝了相当分量的酒，朋友照例喝醉，他还是老样子，一点都没变。

送走朋友和他的未婚妻后，我径直回家，舒舒服服地洗了一个热水澡。酸痛感有所减轻，或许酒精在体内起了镇痛作用。指针指在晚间十一点四十分，我打开电脑，QQ上显示有陌生人加我。信息栏有如下文字：

"开门，爱人。"

我反射性地扭头望向身后的门，旋即明白门后当然谁也不在。"开门，爱人。"这句话只不过是一个女孩借助网上交互式聊天软件向我发来的文字信息。她需要我"开门"确认身份。"爱人"这个称呼在当下这个特殊日子里，未免显得有些暧昧和暗示意味。

女孩儿（当然这只是我的一厢情愿）再次发过来一条信息："今天不是情人节吗？开门吧，宝贝！"

"开不开门呢？"我出声地问向镜中的我，之后彻彻底底的寂静包围了我，如细沙一般的冷风从未关拢的窗户外渗入房间。

HI, MY LOVER

十号公车上的一个女孩的下午

性能十分不错。

但，它是二手车。

拉长的车架。方向盘上伏着一个人。

世界此刻正变形着。鲜花花瓣从天空处洒落。天堂之音。

黑暗分明裂开了一道口子。

他觉得自己是在飘。身体哪部分正分解为空气粒子。然后，那种尖锐的痛感呼啸而去。觉得自己仗剑挺立在山巅。空气中只有种青草香味。

十亿光年。宇宙中的千分之一秒。蝴蝶扇动翅膀一次。雨刷有规则地摆动。女孩子弯弯的颤动的睫毛。好看的嘴型。河水冲刷着的河床。河水冰凉冰凉。

水真的很凉。

喂。喂。有人使劲地摇他的肩。冰凉的等待。更沉默的沉默。有一个男人好奇地翻动地上散落的物件。一张明信片。一个装满蓝色药片的小瓶。

更远的地方。看过去，是个黄昏中散步的好地方。

经常地，他就拉着她的手，四处地走。

她常把冻冷的双脚，放进他的怀中。

她常给他唱歌。他在一边打着拍子。

她给他寄了一张明信片。蔚蓝的天空，碧绿的草地，绿油油的乡间空气。他总是一遍遍地看。梦中嗅到花香。

她放下话筒。手心冰凉。那是四月一个清冷的早晨。是五点的急促铃声将她催醒。她一头扎进雨中。她远远看见他。在晨光中。他就那样和他的蓝鸟在一起，周围是纵横交错的乡间土路。四月早开的丁香和野生菊，就像末世纪的葬礼。

那一次，她天真地问他，是否能永远在一起？

他只是摸着她的头，微笑着吻她。我能买一辆车，到那儿去。他把她给他的明信片高举过头。这是他20岁生日的那天。

永远在一起。是你说的！

她觉得说出去的话正经受一次最漫长的电梯式等待。

她坐十号公车回去。她看到了他。在空中他向她垂下头。凝视着她的双眼。

空气中永远有丁香的香气。

孤独的自述者与被抛弃的咖啡

咖啡在我身后哭了。

我忍住想回头的冲动，泪流满面。

那是2012年一个阴冷无比的下午。是否该用"告别"这个词？

我努力不去回想或忘却一些事。但到底我逃避的那些事和人都远离我了吗？他们都到哪里去了呢？正如我用最真诚的语言向周围乃至全世界说话，但冥冥中似乎老有一股恶风在我头顶盘旋，且风向亘古不变。失去了什么呢？我们的温情难道只能在梦中舔舐？

规模不大的公司，且情况复杂，我间杂其中，做些事物性的工作。狭窄如鱼缸的办公室里，面无表情的职员互递冷冰冰的茶水。几盆眼看就要枯死的盆载植物倒比活人显得精神一些。做完一天的工作，如死鱼一般游回各自的家。疲倦都市里顾影自怜的一群。假如叫他们数一，二，三，绝不会有人数到四。我从心底里厌倦这一切，但无能为力。擦亮镜子，好好看看自己！但这句似乎从我心里流出来的自发而发的话，不久也将消失在空虚的空气里罢。就像猫王已不在人世，而自动点唱机也无人再投硬币进去。泡沫红茶倒来得解渴些。

几乎是一夜之间，我爱上了摇滚乐。几乎又在一夜之间，打开收音机，却再也听不到真正的音乐了，取而代之的是铺天盖地的垃圾。想必摇滚乐手正怀抱吉他彷徨无助地游走街头。这时候，我索性闭上双眼，什么都不听。世界已将摇滚乐抛向我遥不可及的北极或宇宙深处。这使我焦躁不安。我手挂井沿往下望去，黑沉沉的影像回应着我，但水脉已不在那里。就是这样的情形。

有一段时间，我频频出没于各色酒吧之间。一天，我走进了一家同志吧。

后来我才知道他的名字叫咖啡。高大的男孩，很阴郁的面容，话很少。但就从我和他开始聊第一句时，他就几乎一直在催促店员放披头士的《挪威的森林》。这首歌我同样百听不厌，倒着放也能哼出其中几段。当列侬那独特的嗓音在酒吧响起时，我发现他眼睛一亮。我想我是可以和他聊下去的。我甚至忘记了这是一家同志酒吧。到后来我爱上了这个男孩。他也爱上了我。我们彼此清楚在做什么。我们爱恋着对方，就像全世界所有热恋中的人们一样。

我想清楚了一件事：不管你怎样掩饰深藏心底的欲望，终究只是一时。任何形式的可能性都是存在的。我遇见了咖啡，咖啡遇见了我。就是这样。你今天看不见的东西，也许明天，后天……就能看到，又何必为自己的人生留下遗憾呢？

在我和咖啡手拉手一起逛街的时候，我可以感觉到人们异常的眼神。那种眼神仿佛明白无误地透露出他们正在看一只苍蝇。人的偏见是从何而来如何产生的呢？也许我该凿开三尺厚的冰层，问问冰水下冻得硬邦邦的鱼吧？假如驯鹿高唱国际歌，应该又会吸引一大堆人的注意了。可能那头可怜的驯鹿还没唱上一段，就被猎人砰砰几枪撂倒在地或是被人强行切除声带，关进动物园劳动改造了。

但后来我们还是分手了。就像宇宙中的两个行星，有着各自运行的轨道，偶尔交会，如果距离太近，轰，肯定爆炸。

我没有接受咖啡送我的礼物。咖啡在我身后哭泣。他也许懂得我的心思。但说到底，谁又能真正懂得谁的心思呢？

我甚至一次都没回头。

再见，咖啡。

给狗儿听音乐也没什么不好

这几天在家，音乐听了不少。什么张靓颖啦民族乐啦摇滚演唱会啦等等。小狗儿也跟着听。

不巧有一回端详它的脸的时间里，竟看出了一些名堂来。

比如我放《中国民乐经典》，它在那里耷拉着耳朵，爱理不理，而一放张靓颖的"LOVING YOU"，它就显出比较可笑的表现来，尤其是张唱到"拉拉拉拉拉……"那里，它就把小脚脚放到我脚背上，随后传说中的海豚音响起，它伸长脖子，嘴巴边张合几下。我就思忖，这个，岂不是有点奇妙？

也许这狗儿在它的世界里也是个音乐狂热分子，只是在它怀揣音乐梦想之时，被家族的长老命令只许学木工活。每天要去舅舅家学做两小时。从此，它边抹眼泪边与刨子推子打交道，天生弹钢琴的手指被磨得到处是茧子。"这样下去可不大好！"有一天它在心里嘀咕，并且暗暗发誓要背叛家族，去寻找自己的梦想。

机遇终于出现了。有一天，周游世界的歌唱家J回家乡探亲，他可是不折不扣的艺术家，具有一流的歌曲表现力和理解力。J这次回乡还有一个目的，就是在家乡物色一个歌手，做他的接班人。消息传到小狗儿的耳里，于是他瞒着长老，偷偷地跑到J的家里。前面也说过，J是那种有一流判断力的艺术家，他只让小狗儿唱了一段就判定他是天才中的天才。他感谢上苍让他如愿以偿。

谁知天有不测风云。当J带着小狗儿离开家乡以后，不久，一个可怕的消息就传到小狗耳中：狗国的国王点名召见J到皇宫唱歌，一定要听"LOVING YOU"。不消说，J不会海豚音，而唱不出海豚音就会被杀头。小狗儿听了这个消息后，冷静地按着焦躁的师傅肩膀说："让我去！"

眼看进宫的期限就要临近了，小狗儿在海豚那里终于学会了海豚音。进宫前一天，小狗儿却意外地失声了。这意味着J将被送上断头台。那天晚上，小狗儿和J相拥而泣。

因为国王的暴政，人民揭竿而起，围攻了皇宫，把那个暴戾的国王送上了断头台。我们勇敢坚毅的小狗儿成了著名的歌唱家……

呵呵，我第21次放起了"LOVING YOU"，现在就请你做好准备，和我的小狗儿一起竖起耳朵，听听那传说中的海豚音吧！

怪鸟降临都市

一夜之间，怪鸟降临城市。

怪鸟小的也有出租车那么大，大的足有半层楼那么高。居民对于身边突然出现的怪鸟显然有些准备不足，消防警几次出动，交通警手忙脚乱地维持路面秩序。

过了几天，人们发现怪鸟并没有攻击人的意图，它们只是安静地在城市间踱步，用幽蓝的眼睛小心地扫视四周，不时用覆盖着厚厚深驼色羽毛的长脚刨地。

影子和我并排站在一头怪鸟身边吃凉糕。自从那头怪鸟来到我们院子以后，影子显得有些兴奋。这是一头羽色与其它鸟不同的怪鸟，身后拖有像美洲豹斑纹的漂亮的长尾。

经过商议后，我们决定半夜捕捉它。

实际上捕捉进行得异常顺利，几乎不费吹灰之力。怪鸟十分安顺地趴在院子里，脚上缚着影子扎头发用的发带。为了防止它逃跑，影子在它背上压了一个簸箕，至于效果如何，则心里没底。

一星期后，所有怪鸟（除了我和影子捕捉的那一头）扑哧扑哧地一个接一个地从我们眼皮底下消失了。

"还是把簸箕拿下来吧。我不会逃走的。"怪鸟开口说了一句，影子赶紧拿掉了簸箕。

"我要单独的房间和软一些的大床，还有，每天必须要有红茶，早餐不能少了新鲜羊奶。对了，周末请带我去有河的地方，我喜欢游泳。"怪鸟用命令的口气对我俩说。看来它脾气还挺大。

我和影子面面相觑。

趁它不注意，我翻身而起，一把扭住怪鸟的翅膀。怪鸟轻轻一挥翅膀，就把我撂倒在地。

"别费劲了，瞧你那胳膊腿！"怪鸟冷笑。

怪鸟在我家生活了二十七年。它临死那天我和影子击掌相庆。

四季

我突然发现，在一天之中我能经历四季。

这里并没有魔术师，大卫·科波菲尔纵然能变出飞机制造幻觉，但他不能变出四季。

我的叙述是诚恳的，你相信了这一点，就能与我一起在遐想的空间里自由进出。

我醒来，置身于一天之中最初的春天带来的鸟雀鸣叫，万木复苏的景象中。我听见自己生长的声音，空气中的一切都沐浴着初生的湿漉漉的喜悦。

到了中午，我知道夏天来了。它像一个顽皮的小孩子，赶跑了天空中饱含雨气的云层，用大风吹掉了我头上的草帽。它躲起来不让我看见，又悄悄绕到我身后，对着我的耳朵呼出团团热气。

当落叶，是的，我敢肯定那是一片真正的落叶，叩响干燥的地面时，我在下午茶迷离而又慵懒的气氛中开始写别人的日记，用记忆之叶装填盒子，并赶在最后一片树叶凋落之前将那个盒子邮寄出去，这样我就能在来年收到一大口袋松果或者鱼干。

天色暗了下来，我在等待。河面结冰小鸟睡觉，四周静悄悄雾蒙蒙。这情形恰似一台巨大的电冰箱，我徜徉其中，目力所及尽是冻僵了的食物。我拿起胡萝卜又想吃火腿肉，却又忍不住先喝了一口柳丁汁。冬天。不动声色。我沉沉睡去，不久，想象之雪堆满了我的床头。

这十分奇妙。感觉自己正坐在一个旋转木马上面，四季在身边不停地变换、更替。在眩晕中我重新将双脚踏回大地，于是万物还原，四季回到现实中。这里有两个大地，甚至更多。我的意思是：当我站在大地上，我能看见旋转木马以外的景致，我欣喜若狂。

海怡在鬼街

听说北京有一家鬼街。

有人说是因为它十二点才开业，刚好是鬼神出没的时间。

——海怡

我这时正冷却。才逃脱。有种圆的东西，它躲在茂密的草丛中，只等着我。我无依无靠，正紧张地倾听那声音，尖锐如针，由远处某个方向，涅散开来。我厌恶地发现自己的身体已变得透明，我发现身体已不属于我，它们正四处弥漫，如乳白的雾，漫过草棵上稀疏的冷星，向月亮飞去。我发现目之所及全都是一片虚空，骨骼咯咯响动。

我是海怡。石头镇的海怡。

海怡伏在床上像睡着了一样。门外的鬼街有笃笃的脚步声，皮鞭抽打声，女子哭泣声，海怡像睡着了一样毫无知觉。海怡梦见的内容越发荒唐，毫无逻辑。海怡就这样躺了一个月零一天，第一次一梦不醒。树叶在风中飞舞，它们追逐着掠过海怡的小屋，又继续往前，远处某个不可知的地方，有一个东西在等着它们，那里，有一个东西。

我在梦中的一个月零一天的这段时间里，人们经过膜拜，从月亮的阴晴圆缺中悟出了真谛。人们点燃了火把，把我的小屋外现已枯黄的干草棵统统点燃。我在梦中，当然毫无知觉。当时的大火从清晨一直烧到傍晚，当时鬼街的男女老少都跳着奇怪的舞蹈，当时每个人的脸都被火光映得通红。当时有人就猜我在小屋中，肯定被烟熏得难受。当时人们就用石头砸碎了窗户玻璃。

人们看见海怡伏在床上像睡着的婴儿一样。这时屋外传来巨大的钟声，人们看见海怡被这声音惊醒，人们看见海怡发疯似的冲出小屋。

人们看见屋外的干草棵已被大火烧尽。鬼街只剩下海怡，或称像海怡的物体站立在鬼街的那一端。钟声再次不甚坚定地响起。余韵绕过鬼街上的一切，不知落在什么地方。猫蜷起身子，准备进入下一个猫式甜梦中。海怡渐渐隐去，如被抽去主题的油画，显得不甚自然。

没人知道我去哪里。猫不知道。

肯定。

咖啡屋的故事

咖啡屋，靠着公车站，所以很闹。在这里喝咖啡，实在不该久坐的。爱情调的人，谈恋爱的人，歇脚的人，都不是经常光顾这个咖啡屋，即使坐下了，也只是匆匆几口把咖啡喝完走人。所以说咖啡屋实在没什么好咖啡卖的。

有一段时间，在靠窗的7号台，经常可以看到一个年轻人。他只要一杯黑咖啡，有时加糖，独自望着窗外想着心事。咖啡屋小，顾客又不多，女老板自然就很注意他了。后来，每次这个年轻人来，她都亲自为他调咖啡。再后来，只要7号座位出现那年轻人的身影，女老板心里就觉得热乎乎的，虽然生意难做，她也咬牙挺住了。

大约两个月后的一天，年轻人又同往常一样推开了咖啡屋的木门，在他身后有一位长头发的女孩儿。年轻人叫了两杯加糖的咖啡，领着女孩儿坐到了7号座位上。女老板听见年轻人同那女孩儿说着什么，女孩儿苹果般的脸艳若桃花。女老板突然有种异样的感觉。但这感觉来得快，去得更快。女老板俯身从柜台下取了一束玫瑰花，径自走到7号台前。"祝你们愉快！"女老板愉悦地望着两个年轻人，说。女孩儿兴奋地接过鲜花，看得出她很喜欢这种欢迎方式。"也祝你愉快。"年轻人有礼貌地表示了谢意。气氛轻松起来。

"我能否知道先生经常惠顾本店的原因？"女老板问。

"噢，是这样。"年轻人站起身来，面向窗外，在女老板耳边轻声说道，"那栋楼——"女老板疑惑地朝窗外望去，街对面是有一栋楼正对咖啡屋，难道这位年轻人是做房地产的？女老板想。

"注意到二楼的第五个窗户了吗？"年轻人笑。

"那房间没人。"女老板肯定地说。

"当然，那房间的主人，现在正坐在你的咖啡屋里。"年轻人望了望女孩儿，"是她把我吸到这里来的。我已经暗暗观察了她两个月，只是她还不知道这个秘密。"

女老板回到她的柜台后，不一会儿，咖啡屋的木门被人推开了，走进来一位顾客。女老板冲好了咖啡，不知道该放糖还是不放。

小猫和小狗

小猫和小狗，一次偶然的相遇。

什么是告别？小狗挠了挠毛茸茸的大头。

小猫低头沉思。黑夜孤寂无声。小狗身后的一株夜来香，正偷偷绽放如水的幽香。

黛蓝的天幕，正划过最后一颗流星。

小猫失去了所有的语言。

小猫消失了。

从山巅吹向大地的风，冰冷刺骨。

小狗问风，小狗到哪里去了？

风无语。

小狗问风，你是小猫吗？

风颤动了一下。从风捎来的只言片语中，小狗隐隐听到一些声音。

风带着小狗的问题，吹向另外的地方。

疲劳冒险记

窗外连绵不断下了六天量的雨。各种各样的雨以不同姿态，不约而同地大下特下。在呆呆看雨的过程中，我不由得感叹，或许这也是一种类似情感倾诉的方式：当什么积累到一定量的时候，跟着必然会发生什么，或多或少。疲劳就是在这样的天气下找上我的。

这么说令我自己都觉得有点莫名其妙，但我实实在在地感到了疲劳。彻底的疲劳，犹如从地球的一端吭哧吭哧地绕到另一端，又像不得要领的程序员迷失在浩如烟海的符号迷宫之中，哪种都疲劳得不行。一条死胡同。而且情况实际上还要更糟糕。

我很想知道其他人是否有和我同样的遭遇，但我很快就发现，若要就某个特殊话题，比如"疲劳是如何找上你的"，和某人推心置腹地交流思想，其结果大多令人失望。这里的关键是：千万不要妄想能在如此阴冷的天气下，以疲劳之躯去撬开别人紧闭的嘴唇。这么着，我尝试在雨下得小或气温回升的时候出门，希望能够听到人们暖融融的声音。在那几天里，我身裹半透明雨衣走在街上，像一根特大号雪糕，嘴角时而咧开三厘米的微笑。可心情没有丝毫好转。疲劳感如磁铁石一样牢牢吸附住我。归根结底，既然疲劳找上门来，就该想法子自己解决，就凭与人摆谈间消除疲劳是不大可行的。

很想来一次长途旅行。方法无非是找一家比较可靠的旅行社，交钱坐车什么都不想地躺在沙滩上晒太阳。一定要有海，有海景房的酒店，一双合脚的旅游鞋，当然，还得带村上春树的书，他总有办法让沉甸甸的现实空气虚化起来，而若那样，自己想必能真正双脚踏在软乎乎的海滩上，慢慢升起一堆属于自己的非现实篝火。可是雨老是在不快不慢地下着，好像执行了非法操作的电脑总是出错，这使得我一筹莫展。我困在屋里，一杯接一杯地喝速溶咖啡，却无法集中全部的精神。是疲劳把我钉在原地使我动弹不得。这样下去，迟早变成《世界尽头与冷酷仙境》里那座"世界尽头"之镇的村民，没有心也没有影子地孤寂一生，怅然面对环绕全镇的围墙。

终于，雨停了，停得毫无前兆、干净利落，没有提前预告说停就停，大街上转眼间塞满了不知从哪里冒出来的人们，世界因此恢复了往日的生机。停留在我身上的疲劳感也由最初潮乎乎、冷冰冰的感触变成了如今线条分明的硬块。我很想把它揪出来看个究竟，可它却像和我玩捉迷藏游戏一样使我摸不着北。但我感觉得到，它想从我身体里出来，它似乎有点蠢蠢欲动。于是我静待事态的发展。

那天天气出奇地好。空气中静静漂浮着下午三点特有的懒散气氛：猫伏在阳光照得到的阳台上睡午觉，楼下的报贩用帽子盖住大半个脸打盹，我冲了一杯咖啡，趴在厨房餐桌上写一部小说的开头。就在那时，疲劳悄悄顺着我的裤腿滑到了地板上。我装做没看见，继续保持着刚才写字时的姿势。它很快就消失了，如同来时一样悄无声息，很有可能顺势渗进了我家的原木地板里。半小时后我确信它已完全离开了这个房间。

我抓起电话，想了想，拨通了本市最大的旅行社业务部电话。全身充满奇异的不可思议的力量。

"请为我预订一家海边的酒店，标准间。对，要海景房。"

乔治和玛莉

乔治和玛莉一起玩。花园有一条小路直通后山。后山有很多好玩的东西。乔治小玛莉三岁，但看过去，乔治就像玛莉的大哥哥。

你看见蝴蝶了吗？你看见松果了吗？你看见彩虹了吗？你看见青蛙了吗？你看见一条腿的野兔了吗？你看见你后面的小孩了吗？你看见我了吗？

乔治和玛莉玩捉迷藏。时间过得真快，天眼看就要黑了。后山真大。后山有很多好玩的东西。

你看见我了吗？玛莉在松树后喊。

十年后的一天，我独自一人来到后山。我看见彩虹跨在小河上。我看见蝴蝶飞在山谷间。我看见乔治和玛莉，他们玩得真开心。

倒数计时

　　"现在几点？"影子狠狠地揪自己的头发。

　　"三点过二分。"

　　影子以俨然神墓守护者的萧杀眼神缓缓划过我脑后正上方的空气团儿。我后背一阵发凉。

　　"现在呢？快！"

　　"三点过四分。"

　　房间里弥漫着一股不祥的气味。

　　"还有好久？"

　　"六分零四十七秒。"我眼望秒表，不禁喟叹一声。

　　"到了吗，那该死的时间？"影子血红着双眼，近似咆哮地问我。

　　"没有。"

　　嘀嗒。嘀嗒。嘀嗒。

　　"好，到了！"我吼道。

　　"宾果，刚刚好！"影子一跃而起，迫不及待地掀开桶装方便面的盒盖。温暖的泡方便面味儿迅速弥漫了四周。

　　"要不要大蒜酱？"

　　"不要那个东西！哎呀烫死了！该你了！"

　　嘀嗒。嘀嗒。嘀嗒。

时光宝盒

晨起读报，一则广告吸引了我：想回到过去吗？本公司最新产品——时光宝盒能满足你的愿望。

回到过去？时光宝盒？

我当即给这个公司打了电话，被告之如需要可送货上门，接线小姐用甜腻腻的嗓音说道："我和我的女友都买了时光宝盒，昨天我还和她去了……"电话在这儿突然死掉，像被谁从空中掐断似的。

　　在付了不算便宜的运输费和货款后，我总算拿到了时光宝盒。它有成年人的手掌那么大，形状则跟手机差不多。我饶有兴致地翻看了一会儿说明书。给单位负责人打电话请了两天假，关上手机，拉上窗帘。电视也关了。

　　我在时光宝盒暗红色的键盘上输入这几个数字：

　　1——9——8——0

　　我想回到我那已经过去的1980年，那时我5岁。

　　有点犯困。环顾四周，凭直觉我知道时光真的倒流了。站在印象模糊的建筑物前，我一次又一次地惊讶于我丢失的记忆。我突然有种强烈的愿望想看看5岁时的我。掏出宝盒，输入"搜寻目标——自己"，屏幕显示：倒记时开始……目标距离你100米，50米，20米，0米。

　　在我遇见那个小孩（也即5岁时的我）两个小时以后，我取得了他的初步信任，他同意晚上带我参加他和伙伴的游戏。我发现小时候的我挺可爱的。当然了，他也断然没想到眼前这个胡子拉碴儿的大叔叔，就是28年后的他本人。

　　那天晚上，我和他们玩了很多游戏。有"斗鸡"、"拍画儿"，自成人以后，我从来没有像今晚这样酣畅淋漓地玩过了。

　　送走了小朋友，我又送5岁的我回家。我看到了我家的老房子。是的，梦中不断回到的场所，现在如此真实地出现在眼前。我睁大双眼仔细地看着它。

　　晚上我就睡在老屋旁边。我从窗户外向里窥望。我看见妈妈在织一件花毛衣，爸爸正在给5岁的我讲故事。他们都那么年轻。忽然。5岁的我发现了窗外的我，他对爸爸说着什么。我急忙躲进小时候玩捉迷藏时经常躲的地方，地方太小，我费了很大劲儿才勉强挤了进去。

　　在时光倒流之地，我孤身一人，没有工作没有应酬没有医疗保险没有水电欠费单。我盼望天快点黑下来，这样我就又能和小朋友们相聚了。

　　时光宝盒的说明书这样写道：你最多只能在过去待两天，两天以后如不返回现实世界，后果自负。我不得不回去了。输入2——0——0——8，我在瞬间跌落回了现实。

　　我一回来就打电话给影子："不管你相不相信……"

冬眠

推开窗，我用手心接住自天空飘落的第一片雪花。含在嘴里，有一股冬天的味道。

影子嚼着一小截草根，看着我的背影说："好困。"

我关牢窗户，打开电视给影子看。

我给网络代理商打电话确认已取消了下个月的上网费用，然后去厨房用手边的材料做了香草烤鹿肉。影子最喜欢吃烤得香喷喷的鹿肉。

不料影子吃了一小口就停住了。"什么都不想，除了睡觉。"影子睡眼朦胧。

经她这么一说，我顿时觉得困得不行，刚才干什么都忘得一干二净，眼前只浮动着枕头和棉被。软乎乎暖融融，关掉开关，大幕落下，唔……

电话适时响起，我用最后残存的一点意念拿起话机。

"喂喂，是东山bee家吗？"一个年轻的女孩儿问。

"是。"我简短回答。

"啊，打扰了……是这样，珍稀动物保护者协会决定赠送你们一台暖气机，今年的冬天看样子来得早了些。一小时后就会送过来了。"

果真一小时吗？我用大概只有自己能听见的声音问道。那头不知说了什么。

当然，永远也别相信送货员会准时。在我第1003次掐了大腿以后，暖气机和黄鼠狼送货员才姗姗来迟。安装又花了一个多小时。

影子那个方向传来了均匀的呼吸声。我关掉电视，打开暖气。

我和影子是两头熊，生活在3000米的雪线上。我们面朝高山，等待春暖花开。

我们酣睡在梦中，除此之外，我们是你们生活的一部分。

大象蛋

"咦，什么是大象蛋啊？"影子趴在今天的晨报上问我。

我把一面抹了黄油的面包片送进口中，呷了口咖啡。咖啡杯与杯垫相碰时发出一声悦耳的脆响。

接过影子递过来的晨报，地方新闻版一则消息赫然跃进眼帘：《本市接纳一批大象蛋，爱心认养者络绎不绝》。说实话，消息本身乏善可陈，标题也缺乏吸引人的东西。大意是说，因为大象蛋生活的地区遭受罕见自然灾害，已经严重危及作为珍稀物种的大象蛋的居住环境，故此将之转移到较为安全的城市，希望具备条件的爱心人士认养云云。

"我要认养一只。"影子还从没养过大小超过手掌的活物，在她手里已经总共折戟了巴西龟3只，热带鱼15尾，仓鼠2只。

说实话，因为工作关系接触过几次那玩意儿，丑是丑点，养一只倒也无大碍，比较具体的问题就是大象蛋无论年老年幼，都会读心术。我可不想让那个丑八怪知道自己的心事。

"大象蛋每天要洗6次热水澡哟！"我知道影子有洁癖。

说什么都无济于事，傍晚时分，一只接近中年的大象蛋还是被正在兴头上的影子领回了家。她还专门跑超市买了大号的塑料盆和专用清洁剂。女人一旦认真起来的确很可怕。

从此，我每天每天都要面对那只浑身布满粉红色皱纹，仿佛永远在窥视我内心的大象蛋，在目睹影子自顾自地和它玩耍或说话的时间里，我不禁悲从心起。